古稀領解　等身大の死生観

緒　言

古稀になり、余命のことを思うと、あと三十年はともかくとして、十〜二十年はありうるだろう。

ただ、今は健康で普通に暮せているが、生身で高齢ともなれば、いつ何が起きても不思議ではない。また、突発的な事故や事件に見舞われる可能性もある。

Ⅰ、「死想」（メメント・モリ）は、死に関連する諸相についての体験・見聞録。

Ⅱ、「宗教」は、死の受容に係る実践的な等身大の領解の表白。

三十代の半ばに保険の勧誘者から「長命のリスク」という言葉を聞かされ、思わず笑った記憶がある。しかし、いざ古稀になってみれば、笑うだけではすまされない喫緊の課題となっている。

Ⅲ、「生命」は、生命と直結する食と農の問題。

Ⅳ、「人体」は、健康と医療に関する問題。

Ⅴ、「人生」は、直面する老人問題。

諸問題についての、自身でとりうる「リスク」対策は如何か、との観点での所見。

大仰な物言になってしまったが、所詮は、浅学非才な老書生の駄文。愚老の繰言の類いと、御笑覧願いたい。

目次

I　死想（メメント・モリ）――9

カバーデザイン：江草英貴／本文デザイン：落合雅之／編集協力：青龍堂

Ⅰ　死想（メメント・モリ）

余命

古稀になって、自身の余命を意識するようになった。自らの余命をどう想定するのかによって事柄の見方が変わる。

この前、生命保険会社から医療保険の見直しを勧められた。これからが本当に保険が必要になってくる時期でもあるため、再考することに。

私の父は七十七才で胃ガンで亡くなった。この時は母が一切をみていたので、医療費や保険のこと等について関知していない。母はその十三年後、食道ガンで亡くなった。

母は八十才の時、大腸ガンの手術をして、八十七才の時に食道ガンになった。この時は良心的な医師にも恵まれ、ガン治療は一切せず食道にステントを入れ流動食が可能となる手術のみをした。その九カ月後、母は自宅で静穏に亡くなった。

母は若い時保険詐欺にあったことがあり、保険にはアレルギーがあった。けれども、かんぽ生命保険の最低の掛金の保険だけには加入していた。

母の二回の入院・手術は、公的保障等もあり、この簡易保険のみでなんとかなった。余命をどう考えるか。これから十年か、最長でも二十年。では、この間にいくらぐらいのガン治療等を何回くらい受けるものかと考えた（高額の先進医療は除外）。両親が受けた治療以上のことは特段望まないので、母の経験に鑑み、既存の保険で十分であろうというのが、愚考後の結論。

余命が長くなればなるほど、痾病リスクは高まる。また、介護や認知症等のリスクも加わるだろう。

これらを避けるために、各自の健康管理等が要請されるが、それらがいくら完璧に実施されていたとしても、万全は期し難い。

その時はその時で、周囲に依存するしかない。万が一それが叶わないなら、それまでと諦めるまでのこと。

一方、社会的諸課題等については如何か。まず、これから二十年を越す課題・問題等は、自身には無関係になったものと割切ることが可能になった。ただし、原発問題や環境問題等、次世代以降にツケをまわすような事柄は別。これは誰にいわれなくとも、一人でできるだけのことはせねばなるまい。

個人的諸問題等も含め、数十年という時間の経過というものは大変有難いもので、種々の問題を然るべく解決してもらったとの思いがある。おかげで昔に較べ、風通しが良くなった心地がしている。

天寿

人は皆死ぬ。ただ長短があるばかり。

最近は健康長寿などと言われ、長寿のリスクが懸念されてもいる。一方、若い人が死ぬと人生の春秋も知らずにと同情したりする。

ならば、いつが〝いい死に時〟なのだろうか。まさか平均寿命ではあるまい。

科学がいくら進歩しようが、生命は創り出せない。私たちはこの厳粛な事実を謙虚に受けとめる必要がある。天寿は天から与えられた定命で、人はこの範囲で生かされている。これは自然法則だから、人間の思念とは無関係だ。

であるならば、死んだ時が、法則が成就された時ということになる。極めて自然なことながら、人間社会の中では情況如何で種々のドラマが演じられ、種々の想いが錯綜したりする。

この範囲を拡げようと、医学や薬学等々でいかに努力しようが、各種健康法を様々に駆使してみても、絶対に人間の力では変えられない。

各種の健康法は、死ぬまでをいかに健やかに過させてもらうか。加えて、いかに健やかに死なせてもらうかが目的で、延命長寿を期待するものではない。

ちなみに、諸健康法創始者の寿命は、管見の限りでは、なべて長寿とは言い難い。

私は古稀までは、とりたてて大病や入院することもなく無事にこれた。これからが問題なのは分かっているが、新たに今までしたこともない健康法を始める気はない。勤人時代には強制された健康診断や人間ドックも退職を機にやめた。

苦痛や不快症状が続くのは困るが、できるだけ病院には行きたくない。明確な自覚症状があり、苦痛や症状も我慢の限界をこえるようならいたしかたないだろうが。また、万一、死病での入院ならば、延命治療は一切拒否。食べられなくなれば、食べない。点滴やまして胃瘻等はしまい。

周囲に迷惑をかけても、できれば自宅で、昔の人のように自然に死にたいと願っている。

最期

できれば自宅で最期を迎えたいと思っていても、こればっかりはどうにもならない。
いつ、どこで、どのように最期を迎えるか。
職場の諸先輩の例。
・ゴルフ場のグリーンでパットをしようとした瞬間、倒れそのまま。
・徹夜麻雀の後、帰宅途中の駅の階段で倒れそのまま。
・会議の後、仲間と居酒屋で杯を上げた直後そのまま。
・職場での仕事の電話中、受話器を握ったまま。
・子息の結婚が決まり、相手先から帰宅後入浴中、風呂場から歌がとだえるとともに。
・夕食後、ナイター中継等を見た後就寝し、そのまま。
これらは、ありふれた日常生活での最期。

周囲は驚いたであろうが、御本人にもまさかの感があったかもしれない。

昨今のニュース報道をみていると、事故や事件にいつ何時巻き込まれるや知れず、まさに一寸先は闇の感がある。加えて、古稀ともなればポックリ等の可能性も高まる。

蓮如上人の有名な「白骨の御文」の一文がしみじみと身につまされてくる。

〝されば朝には紅顔ありて夕べには白骨となれる身なり〟

思いもよらない死がある一方、ガン死のようにある程度の猶予期間のある死もある。

身辺整理や別れの挨拶等も可能となることもあり、死ぬならガンでとお考えの向きもある。

以前、職場の同期生が四十代前半で亡くなった。発病して即入院、入院して数日後のことだった。

未亡人が医者から「せめてガンであったなら」と言われたと無念そうに話されたことが、今も耳に残っている。

永眠

就寝がそのまま永眠になる例は、決して珍しいことではない。

母方の叔父は四年前就寝後亡くなり、医者等にかかっていなかったため、警察が来る騒ぎになったと聞いた。亡くなる一カ月前、突然電話があり「母ちゃんが夢に出てきた」との話。供養を然るべくやっているかとの話かと、その時は一瞬いぶかしく思ったが、死亡連絡を受け疑念は氷解した。

学生時代、母の知人の旦那さんが就寝後そのまま亡くなられたことを、驚いたように母が何回か話していた。夫婦とも出来た人で、同年代の息子さんがおられたこと等もあり昔から知っていた。なぜか御人柄に似付かわしい死のように思った記憶がある。

法然上人の歌に、

（睡眠のとき十念を称ふべしといふ事を）

阿弥陀仏と十こえとなへてまどろまん
なかきねふりになりもこそすれ

というものがある。

死の追っている病人等を別とすれば、大概の人は明日も当然目覚めるものと思って就寝しているはずだがそれは保証の限りではない。古稀を越えた有病者ならば、ますますそうなろう。

我々は知らず知らずに、種々の思い込みを当然のこととして日常生活をしている。勤人時代はバスと列車で通勤していたが、両方とも時刻通りであろうと思い出勤。無論、事故や気象条件等による遅延・運休等にも遭遇した。しかしある時、通常通りに物事が動いていくことは、ひょっとすると大変な僥倖なのではあるまいかと、突然そんな思いがよぎった。東日本大震災時に東京で帰宅困難者となり、はからずも改めてその思いを確認することとなった。

大多数が遭う大災害は別としても、個人的事情による個人的な〝災害〟は、誰にいつ何時どこで起こっても不思議ではない。

覚悟

古稀目前に、職場の尊敬する一年先輩が胃ガンで亡くなられた。今年（平成二十八年）で三回忌となる。

腎蔵ガンで片方摘出、五年数カ月後の胃への転移。先輩も存知の滞津良一の『死を生きる』（朝日新聞出版）を、見舞いとして送付。その礼状を死の一年二カ月前に頂いた。

「死後、「無になる」ことが何故不都合なのでしょうか。人類発生後、二十万世代か三十万世代かの人間が、人類の生命と文化を引き継いできたはずです。曲がりなりにも、自分もその一コマを分担したこと、これ以外に存在の意味を見付ける必要性を感じません。無になって当然だという気持ちです。」

まことに見事な覚悟の便りだった。

生命は永遠で死後の世界も存在すると思っている凡愚には、及びもつかない境涯だと感銘を受けた。

持前の生真面目で誠実な人柄そのままの治病対応。種々の情報を収集し、治療にも積極的に臨まれた。エポックなことがある度、状況報告もいただいた。当初は手術不可能とされていたが、抗ガン剤治療等で病状も改善。手術可能な段階まで来たと思われたところで開腹。しかし、事前の所見と異なり手術不可であったため、そのまま退院、帰宅となった。退院の数日後の午後、奥様一人に看取られ、平穏に亡くなられた。信念と覚悟の大往生。無宗教の御本人の意向で、葬儀等一切なし。

用意されていたお墓に納骨。治病開始以降、普段とらない写真も遺影用として撮影、思い出作りの数度の家族旅行や個々人宛のメッセージ等、万一に備え準備されていた由。

御人柄が、偲ばれる。

茶　番

約三十年前、元検事総長経験者が『人は死ねばゴミになる』（伊藤栄樹・新潮社）という本を出版。当該本が今手元にないので『「死にざま」こそ人生』（柏木哲夫・朝日新聞出版）から孫引させていただく。

「死者の世界とか霊界といったようなものはないと思う。死んでしまったら、当人は、全くのゴミみたいなものと化して、意識のようなものは残らないだろうよ」

傍点（原本にはない）部分に注目されたい。主観的判断であり客観的事実の陳述とはなっていない。ならば、〝あると思う〟や、〝残るだろう〟と推察する余地もある。

人間は死ねばおしまいで、何も無くなるのなら、よく葬儀で言われる「安らかにお休み下さい」とか「ご冥福をお祈りします」とは、誰に、何に向かって言うのか。

何が休み何が祈られるのか。明らかに死後は無という認識と矛盾している。

死者に向けての言葉でないとすれば、参会者に向けての言葉か。ならば、それは茶番となろう。参会者一同が、明確な意識もなく全員で茶番を演じていることになる。常識的にみれば、この状況はかなり奇異に感じられるはずだ。これは対話者がいない状況でしきりに独言を続ける所作と同じであろう。

ただ、頭でいくら「無になる」と考えても、心情は納得しない。今古東西で、葬儀はなくならず、寺社や教会等も存続し続けている。その根拠はここにあると言えば、牽強附会のそしりをまぬがれないか。

唯物論を奉じる社会主義国で、宗教が弾圧されてきたのは建前からすれば当然のこと。

しかしそれらの国でさえ、茶番は演じられ宗教事象を無くせないでいる。この事実は、前提となる無の認識の錯誤を示唆してはいまいか。

死ねば肉体は消えて土に帰るが、死んでも何かが残ると考える方が、種々の社会現象を理解する上で無理がない。

意　識

夏目漱石が「則天去私」について話したのは、亡くなる一月前の大正五年十一月はじめの木曜会での由。遺作となった「明暗」を朝日新聞に連載中のことで、この年の十二月九日没となり、この作品は未完となった。このため、文壇では則天去私と『明暗』の関係をめぐり種々の議論があった。

これらの論に、哲学者の滝沢克己は、「漱石の則天去私に対する、文壇のくろうとたちの解釈や批評が、甚だしくその的を失しているのではないかを疑わないわけにはいかない。」（『夏目漱石の思想』・新教出版社）と指摘。何か常人には及び難い「神秘な『境地』

を、言い表」し、他者をそこに「招きよせよう」という風に考えているが、そうではなく、「根源的な自然そのもの」にかかわっているのだと主張した。

私も文壇の論議に違和感があったので、この滝沢の見解には共感できる。だが、この深さを感じさせる見解にも、今一つ納得しかねる素人の直感部分が残った。

漱石は明治四十三年（四十三才）の時、世に言う修善寺の大患にみまわれた。この前後の状況が、『思ひ出す事など』に詳述されている。

「余は一度死んだ。さうして死んだ事実を、平生からの想像通りに経験した。果して時間と空間を超越した。然し其超越した事が何の能力をも意味さなかった。余は余の個性を失った。余の意識を失った。たゞ失った事丈が明白な許である。」

大正三年の十一月の知人宛の書簡には、

「私は意識が生のすべてであると考へるが同じ意識が私の全部とは思はない死んでも自分［は］ある、しかも本来の自分には死んで始めて還れるのだと考へてゐる」（『漱石全集』・第十五巻・岩波書店）

とある。

この「本来の自分」が、滝沢の言う「根源的な自然そのもの」に通底していると考える。素人の直観部分は、『思ひ出す事など』や『硝子戸の中』と何通かの書簡を読んでの漠然とした印象に過ぎず、四角四面の議論になじまない。あえて言えば知的武装を解除された、漱石の柔軟な裸心の襞からにじみ出た、正直で素朴な雫の如きものだ。論理の網ですくい難く、理性の容器に止め得ない。が、確かにあるもの。「本来の自分」に直結している自然が、そこにある気がする。

自己

自殺者が年間三万人を超える状態は、十数年連続した。つい最近、三万人を切ったとのニュースがあった。また、交通事故死者数も一万人を切ったと聞いた。

近頃頻繁に報道される子供のいじめ自殺、特に福島県からの避難者に放射能汚染等を言い立てるいじめは、その余りの無知と被災者への思いやりのかけらもないことに慄然とさせられる。これらは大人の責任である。

「いじめ自殺の被害者はいじめっ子によって殺されたに等しい。」（『自殺の9割は他殺である』・上野正彦・カンゼン）

子を持つ親や教育関係者等ばかりでなく社会全体で、この事実認識を重く受けとめておく必要がある。

さらに同書には、平成二十三年の統計を見て「60才以上の高齢者は、自殺者の約4割を占めており、自殺問題を考える上で老人の自殺には、非常に重要な問題が潜んでいる。」との注目すべき指摘もある。

一方で、青年期には青年期特有の問題もある。青春時代には、「人生とは何か」「どう生きるべきか」等と煩悶し、自ら生命を絶つ人もいる。

アウシュヴィッツから生還したフランクルは「人間は、人生から問われている存在である。人間は、生きる意味を求めて問いを発するのではなくて、人生からの問いに答えなくてはならない存在なのである。」（『〈生きる意味〉を求めて』V・E・フランクル・春秋社）という。

彼は収容所で生きる希望を失い、「もう人生には何も期待できない」と自殺を決意しかけた二人の囚人に、「人生のほうは、まだ、あなたに対する期待を決して捨ててはいないはず」と説き、自殺をとめた。

人生から問われているという自己相対化の視点は意味深長であり、かつ思考に余裕を与える。

「死においては、過ぎ去ったすべてのことが固定される。もはや何も変えることはできない。人間が自由にできるものは何もない。心もなく、体もない。死によって、心理＝身体的自我は失われるのである。しかし、残されているものがある。以前のまま残っているものがある。それは自己、スピリチュアルな自己である。」（前同）

死によって、一生涯の全時間は永遠化され確かな現実性として存在し続けることになる。典型的な例は、ブッダやイエスの生涯である。歴史として把握されるのは、著名人のみならず名も知られぬ大多数の人間の人生の総体であろう。

何を永遠化していくかは、各人に全責任がある。何如に生きていくかは、日々の日常生活の中で、人生からの問いに応えていくことだ。

後世への最大遺物の内実は、日常生活の集積に他ならない。

体験

内村鑑三は、昭和五年（一九三〇）に六十九才で亡くなった。

彼は死の十八年前、五十一才の時に、十八才の娘ルツ子を難病で亡くしている。臨終の三時間前、鑑三はルツ子に洗礼を授け、聖餐にあずからせた。ルツ子は、喜色に満ちた顔をし鮮やかな声で、

「感謝、感謝」

をくり返した。ルツ子が微笑をたたえながら残した最後の言葉。

「モー往きます」

（『内村鑑三』・鈴木範久・岩波新書）

内村は知人への書簡に、この時のおごそかな体験を次の如く記している。

「『モー往きます』、言簡単にして意味深遠―『往きます』なり、『死にます』にあらず、または『滅《さ》えます』にあらず、彼女の生命は終止せしにあらず、延長せしなり、彼女の場合において霊魂不滅は事実的に証明せられたり」

（『内村鑑三』・森有正・講談社学術文庫）

内村の弟子、矢内原忠雄はルツ子の葬儀の際の忘れ得ぬ強烈な印象を繰り返し書いた。

「エス様は天国に花嫁として彼女を御召になったのであると信ずる。今日はルツ子の葬式ではなくて、彼女の結婚式である」

との内村の挨拶。さらに、埋葬時には、

「先生は一握りの土を把んで手を高く上げられて、肝高《かんだか》い声でいきなり『ルツ子さん万歳』と叫ばれました。全身雷で打たれた様に、私は打ちすくめ」られた。

（『矢内原忠雄伝』・矢内原伊作・みすず書房）

内村自身にとっても、「復活の信仰を真に生きたものとして把握する深刻重要な体験であったが、忠雄がその信仰の確立を、内村のこの「復活」の信仰を通して得た」（前同）とある。

これは、長男伊作の〝父〟としての理解である。

この体験の重要性は、我々にとっても不変である。

歎　息

小林秀雄は、日本の知性を代表する一人であろう。我が国には稀な独創的思想家であり哲学者でもある。昭和五十年三月、七十三才の時に発表された「信ずることと知ること」には、現代知識人の通弊が的確に剔抉されている。

「今度のユリ・ゲラーの実験にしても、これを扱ふ新聞や雑誌を見てゐますと、事実を事実として受けとる素直な心が、何と少いか、そちらの方が、むしろ私を驚かす。テレビであゝいふ事を見せられると、これに対し嘲笑的態度をとるか、スポーツでも見て面白がるのと同じ態度をとるか、どちらかだ。

念力といふようなものに対して、どういう態度をとるのがいいかといふ問題を考へる人は、恐らく極めて少いのではないかと思ふ。

今日の知識人たちにとつて、己れの頭脳によって、と言ふのは、現代の通念に従つてだが、理解出来ない声は、みんな調子が外れてゐるのです。その点で、彼等は根柢的な反省を欠いてゐる、と言っていいでせう。」（『新訂小林秀雄全集別巻Ⅰ』・新潮社）

小林は終戦の翌年に母を亡くす。その数日後「おっかさんという蛍が飛んでいた」という「妙な経験」をし、それから二カ月ほどたって「忘れ難い経験」もしている。それは水道橋駅のプラットフォームで酔って寝込んだ際、

「突然、大きな衝撃を受けて、目が覚めたと思ったら、下の空地に墜落」「かすり傷一つなかった」「母親が助けてくれた事がはっきりした」「私は、その時、母親が助けてくれた、と考えたのでもなければ、そんな気がしたのでもない。ただその事がはっきりしたのである。」（『小林秀雄全作品別巻1感想（上）』・新潮社）

というものだ。ちなみにこの「感想」は、失敗したベルグソン論として単行本として刊行されず、生前の全集への集録も小林は認めなかった。

「感想」は昭和三十三年五月、『新潮』に連載開始。引用文はその第一回分から。これの発表当時、小林は気が狂ったのではないかと言う人もいた由。「信ずることと知ること」は、この十七年後の論考。小林の歎息が聞こえるようだ。

最近でも「なぜ小林ほど知的に優れていて、感性の豊かな天才的人物が、現実の「科学」が解き明かしてきた「宇宙」や「生命」についての驚異的な発見や理論に興味を持たず、「オカルト」や「疑似科学」をナイーブに受け入れてしまうのか」（『小林秀雄の哲

学』・高橋昌一郎・朝日新書）という人がいる。

「感想」の小林の深甚な体験は、念力の存在さえ事実として受け入れられない人にとっては、言うもさらなりか。

しかし、日本を代表する知性が、深甚な体験を語った意味は深長である。

神慮

小林は世人の態度に歎息しているのみならず、前出「信ずることと知ること」の中で重要な指摘をしている。

「精神といふものは、いつでも僕等の意識を越えてゐるのです。その事を、はつきりと考へるなら、霊魂不滅の信仰も、とうの昔に滅んだ迷信と片附けるわけにもいかなくなるだろう。もしも、脳髄と人間の精神が並行してゐないなら、僕の脳髄が解体したつて、僕の精神はそのままでゐるかも知れない。

人間が死ねば魂もなくなると考へる、そのたつた一つの根拠は、肉体が滅びるといふ事実にしかない。それなら、これは充分な根拠にはならない筈でせう。」

もし肉体が滅びて何も無くなるのなら、先の小林の深甚な体験は在り得ない。発表当時の彼の立場等からして、あえて虚言を弄する必然性もない。彼の言動に信用が置けないと思う人ならともかく、通常の読者なら体験を首肯し得るであろう。小林秀雄の研究者でもない素人の一知半解の所見では、ここが小林理解の分水嶺になっているように思う。

小林秀雄の妹、高見沢潤子が聞いた晩年の話では、

「自分は仏教信者でもキリスト教信者でもない、宗教は人間のつくったものだから信じない」（『兄小林秀雄』・新潮社）

「神は存在する。神を知るには、外から見ようとするのでなく、神の中に入っていって、神と一つにならなけりゃならない。中に入って一つになるというのは、神を愛すということだ。」（前同）

とある。

小林のドストエフスキイ論考の背景には、広深なキリスト教理解がある。ドストエフスキイは「生涯絶えず苦しんだ問題、即ち神の存在といふ問題」と書いた。これを小林は

「神は存在するが、人間の仔細らしい思案に余るものだ。というのが、実際に彼が自ら課した問題であった。」(『ドストエフスキイの生活』・新潮文庫)

と解している。

これが書かれたのは、あの体験の数年前のこと。

現時点から通観すると、あの体験は神慮の如く思われる。

妙法

「極端に言えば、自分にとって死は無いという言い方が出来る」(『死の壁』・養老孟司・新潮新書)

「考えるべきは「一人称の死」ではなく「二人称の死」「三人称の死」です。」(前同)

大概、人間は一人で生まれ一人で死ぬ。

高齢の独身者なら、状況如何では孤独死の可能性もある。本人が死後に備え、周囲にできるだけ迷惑にならないようにと配慮した上での孤独死なら、立派な死に様だと思う。看取る人の有無など、何の意味もない。

　一方、高齢の親や幼子を残して亡くなる場合は、孤独死に比べて対応は格段に難しくなる。

　死そのものは自然の摂理であり、万人の共通事。心配しなくとも人は誰も例外なく一〇〇パーセント死ぬ。

　ただその死亡時の状況如何が、一人称の死の深刻度や困難性に関与する。事故や事件等で突然死するなら、状況如何は遺族のみの問題となる。

　まして、戦争や大災害となれば、「人称」のない死のみの世界が出現する可能性もある。たまたま生き残れば、おびただしい二人称と三人称の死に遭遇せねばならない。

　良寛は晩年の七十一才の時、越後三条の大地震にあっている。知人の山田杜皐の見舞いに対し、次の如く返書にしたためた。

　長生したばっかりに悲しい思いをせねばならぬという愚痴の歌の後に、よく引用される一文。

「災難に逢う時節には、災難に逢うがよく候。死ぬ時節には、死ぬがよく候。これはこれ

災難をのがるる妙法にて候。」（『良寛』・中野東禅・創元社）

約百九十年前のこと。一人称の死は無いと考え、恐怖や悩みを克服しえる人はそれはそれで大変結構なことだ。

だが凡愚には、良寛教示の運命の随順の方が合っている。

基軸

人生の最重要事とは何であろうか。ここに各人の人生の基軸が表れる。

「ヒト・モノ・カネ」は企業分析の視角とされるが、これで人の基軸を考えれば如何。現代でも聞かれる昔からの世言、「とかくこの世は色と欲」は、世相の一面をとらえているから命脈を保っているのか。ではこの〝欲〟の中身如何。中村元は「一般的用例としては、渇愛・貪り・妄執などを指す語」（『仏教語大辞典』縮刷版・東京書籍）としている。

人それぞれに大切なものがあり、それが反道徳的、反社会的でない限り、尊重されるべきであろう。

カネがなくては二進三進もゆかない。しかし、カネはあっても使えなければ意味がない。戦中から戦後にかけて、カネがあっても日常の食物入手さえ困難を極めたことは、多くの人が証言している。現代でも如何に巨満の富を積んでも、死を阻止する医療・医薬の入手は不可能。カネさえあれば大概の事はなんとかなりやすいものの、なんともならないことも多々ある。加えて紙幣が単なる紙クズになることも、歴史的に経験している。

だがカネは必要である。ではその所要額はどのくらいか。

憲法第二十五条でいう「健康で文化的な最低限度の生活」を営める程度か。健康ならば衣食住に不自由がなければ良しとせねばなるまい。

古稀を越えた年金生活者となれば、死亡時まで所定の年金受給を願うばかり。

モノは企業の場合と性格を異にし、人の場合ならば流動性に乏しい汎用性に欠ける単なる物品ばかりになりかねない。

ヒトはそもそも他人のことであるから、自分の念慮とは一切関係がない。社会生活が穏便に過せているなら、自他ともに可とせねばならない。自身にとって極めて有難く重要な人であっても、生身の人はいつ死ぬか分からない。

そうなると、無常の現世には、全幅の信頼を置ける基軸は一切存在しないと思われる。

必　然

「生まれようと思って生まれて来たわけではない」と高名な学者、文学者、僧侶等までが、当然の如く発言されている。

俗耳に入りやすいのか、巷間にも広く流布している感がある。だが、その正否についての議論は全く聞いたことがない。また、科学的にも検証済であるとの話も、寡聞にして不知。しかしこれが霊の存在の話題となれば、一転して科学的検証云々が議論されている。あまりに当然すぎて、誰も疑問を抱くことさえない。だが、その論拠は如何か。まさか、記憶がないからとでも言うのか。

だが通常、建築着工以前には設計行為がある。それなら、事象の存在以前には、何らかの思念が存在するはずだ。人間の行動でみれば自然現象を別とすれば、人間の諸行為の前には必ず思いがある。生物のＤＮＡの配列、機能の見事さに驚嘆された西村和雄博士が、その設計者をサンシング・グレートと呼ばれたことは夙に有名である。氏は事象の意味を解読されたが、ではそれを書いたのは？

宇宙の原材料がすべて揃ったところで、偶然が宇宙を創造したとはとても思えない。仮にできたとしても、天体運動までは如何か。天体が勝手に秩序ある整然とした運動を開始したのか。なら、ではその動力は？　貧脳ではとても想像しかねる。

また、奇蹟的とも言える人体の創造は、宇宙同様とても偶然の産物とは思えない。人類の創造もやはり設計者がおられるにちがいない。ならばその構成員たる一個人も同じであろう。設計者がその個人の意向を無視されるはずがない。

四十代前半に「世の中に偶然はない。すべて必然である。」と初めて聞いた時、思考のコペルニクス的転回を余儀なくされた。真実ならば、人生上の出来事はすべて自己責任に帰する。それまで、他者や外部環境等に如何に責任転稼してきたことかと深く反省させられた。

誕生が必然ならば、人生からの問いに答えなくてはならない当然の義務がある。

信仰

世には種々の信仰がある。

神仏の存在は無いとする無神論は、さしずめ科学信仰とでも言うべきものか。神の存在の論証は、東西の宗教者や哲学者たちが行ってきている。しかし、無神論者が多いとされる日本では、正面から無神論を論じている書物を目にしたことがない。

そもそも「無い事」の証明など可能なのであろうか。在る事の証明は、当該事例を一つ提示するだけで良い。しかし、「無い事」を証明するためには、古今東西の全歴史を対象にしてその有無を確認する必要がある。だが、それは事実上不可能である。従って何人にも、神の不存在の証明はなし得ない。

だが、無神論者と称する人が絶える気配は全くない。それどころか、無神論を表明することが知識人の証でもあるかの如く、錯覚している人が次々と現れる。なぜそんな迷信がはびこるのか不思議でならない。「無い事」の証明の苦労など、多数の人にとっては無縁なのだろうか。

科学的というのは、単に事実を事実と認識することだ。戦前の軍首脳部の如く、事実を隠蔽し希望的観測で事を進めるのは極めて非科学的でかつ犯罪的行為である。

現今の無神論者の根拠は、事実を証することなく、「そう考える・そう思う」程度のことでしかあるまい。ならばそれは、傲慢な夜郎自大の思考そのものである。

マルクス主義者が、しばしば揶揄されたような、学説・理論等の信仰者となってしまっては、とても空想から科学へ等とは言っておられまい。

無神論者が、無神論に対し科学的にアプローチするなら、自己信仰も理論信仰も実感信仰もすべて雨散霧消するであろう。

ドストエフスキイの『カラマーゾフの兄弟』のイヴァンの独白「大審問官」は、無神論者のキリストへの抗言である。大概の論はここに尽きていよう。キリストは最後まで弁明せず沈黙。饒舌な弁論より、事実は雄弁なのだ。

宇宙

宇宙体験は、地上の形而上学等を一挙に超越させてしまうものなのか。

『宇宙からの帰還』（立花隆・中央公論社）は、初めて読んだ三十年前から現在まで、私に不変の光輝さを感じさせ続けている。アポロ15号で宇宙に行き、月面で種々の活動をしたアーウィン（後に伝道者に転身）の体験談をいくつか記そう。

「神の恩寵なしには我々の存在そのものがありえないということが疑問の余地なくわかる」

「私のそばに生きた神がいるのがわかる。そこにいる神と自分の間にほんとのパーソナルな関係が現に成りたち、現に語り合っているのだという実感がある。」

「あまりにその存在感を身近に感じるので、つい人間のような姿形をした存在として身近にいるにちがいないと思ってしまうのだが、神は超自然的にあまねく遍在しているのだということが実感としてわかる」

彼は宇宙飛行を経験する前は神の存在を疑うこともしばしばあったが、宇宙から地球を見て得られた洞察の前にすべての懐疑は吹き飛び、月では神の臨在を感じた。宇宙での精神的、内的変化に彼自身が驚いたという。

他の宇宙飛行士も独特の精神的インパクトを受けたという。

著者は「むすび」で、「安易な総括を許さない、人間存在の本質、この世界の存在の本質（の認識）にかかわる問題である。そして、彼らの体験は、我々が想像力を働かせれば頭の中でそれを追体験できるというような単純な体験ではない」とし、結論めいたものの付加はあえて省略している。

彼らの総括を許さない体験は、人類を代表してのもの。我々は宇宙飛行の実現に尽力された方々、また、彼らに「よく聞いてくれた」と言わしめた著者に、ただただ感謝するばかりである。

福音

四年前の叔父の通夜で、セレモニーホールの一室に私を含め四人が泊まることになった。

最も遠隔地からの参列者であることもあり、叔母と二人の従兄弟以外では優先的に遇された。二人は叔父の長男と次男。長男は喪主であり明日に備えて早寝。次男と二人で缶ビールを飲みながら聞いた彼の嫁御の話。

彼女は、交通事故に会い田舎の病院では受入不可のため、一時間半かけて救急搬送されたことがあるらしい。意識不明の状態が一カ月継続。意識を回復した時、川辺で亡くなった両親から「帰りなさい」と言われ帰途についたと同時に目覚めた、と話した由。「これを聞き「あの世」があることを確信した」と淡淡と語った。

五年数カ月前の母の葬儀の時には、亡くなった叔父から臨死体験の話を聞いていた。川辺の美しいお花畑の中にいて心地よい安心感に包まれた。死後、あんなところへ行けるなら、死ぬことは少しも恐ろしくはない、と。

十数年前に立花隆の大著『臨死体験』（文芸春秋）を印象深く読んでいたので、二人の話に全く違和感はなかった。身近な体験者の話が聞けて、大著の信憑性を改めて感じた。

臨死体験者が、死を恐れなくなり、生きることを一層大切にするようになるという多数の事例に、安心させられ勇気づけられる。臨死体験の科学的考究の結果が如何様なものになろうとも、この体験の意義を損なうことはあるまい。

加えて、臨死体験が必ずしも特殊な体験でないことは、我々にとって有難い福音とも言える。

何人も絶対に避け得ない死は、自然の摂理であり人間には容喙しえない事柄。臨死体験の存在は、自然の人間に対する救済措置の如くみえてくる。

もしそれが真実なら、死のみならず避け得ない万人の共通事にも、類似の措置が内在する可能性も考えられないか。

死を除けば、「生・老・病」となるが、真実は如何か。

医　療

終末期医療に携わり自然死を数多く見てこられた医師の中には、現行の終末期医療のあり方に疑問を投げかけられている方々がおられる。

病院は患者に施療して社会に戻すところだから、治療不可の人や戻せそうにない人は退院させる。また、入院患者には、なんらかの医療行為をせねばならないため、病院で死ぬとなれば、死ぬ間際まで医療行為を受け続ける可能性もある。

食事の量は、高齢になれば減る。若い時程食べられず飲めなくなる。死に近づけば、さらに摂取量は減少しよう。食べないから死ぬのではなく、食べる必要がなくなるから、食べられなくなるのだろう。終末期でも、栄養補給・水分補給を減じないのは、自然の摂理に反する。

「三宅島では年寄りは、食べられなくなったら水を与えるだけ。そうすると苦しまないで息を引き取る。水だけで一カ月は保つ」(『平穏死のすすめ』・石飛幸三・講談社)

こんな例もあるのだ。

食道ガンの母の場合は、ステント挿入で流動食は可能になったものの、ガンの進行はそれとても許さなくなった。主治医から「このまま病院か、それとも自宅に戻すか」と問われ、自宅でと返答。以後は点滴のみとなるため、鎖骨の下に点滴受容器を埋め込む施術後に退院となった。点滴針の挿入は家族でもできるが、引き抜く行為は医療行為となるため、看護師の仕事となる。点滴液は当初二〇〇〇ccでスタート。巡回専門医が月二回来宅診断。初回の来宅時にむくみと肺等に水があることもCTで判明。水分過剰との診断で一五〇〇ccに減液した。母は小柄で老令でもあり、一般的な栄養量は不必要と素人にも分かる。様子をみながら徐々に減液し、亡くなる一カ月前には五五〇ccとなっていた。一週間前には寝たきり状態になっていたので、点滴も中止し氷水のみとなった。

死亡診断時の当該専門医の所見。むくみも無く点滴中止の処置は適切。

「昔の人のような死に方」

と医師は言った。

医師の適切な指導により、苦しむこともなく穏に逝けたことに、深く感謝している。

死顔

父の死の二日前、吸口でジュースを飲ませることができた。個室の入口に背を向け、ベッドサイドで屈む姿勢。父と二人だけであったが、飲みながら何回も入口に目をやっている。振り返って入口附近を見たが、何も見えなかった。

しかし、それから十九年を経て「お迎え」現象の記述を読んでいる時、突然この情景が蘇り、一瞬にして分かった。

あの時父には誰かが見えていて、それを確かめるために繰り返し見ていたのだ、と。

病室を辞する時、「ご苦労さん」と言われたのが私がかけられた最後の言葉。父の死の連絡を受けたのは出張先で、すぐに折り返したものの、臨終には間に合わなかった。

何人もの方々から、「死顔がおだやかですね」と言われた。

胃ガンで入院したが、病気について医師や家族にも問いただすことは一切なかった。胃ガンは胃の裏側にあったため手術不可。さらに肝臓、腎臓にも転移していた。余命六カ月と宣告されたが、二カ月で亡くなった。つらそうな表情は時たま見せたものの、痛さや苦しさを訴えることはついになかった。末期ガンで手のほどこしようが無かったのがかえって幸いしたか。

死の前日、看護師に清拭してもらったあと車イスで母と病院の屋上へ。夕刻、旧知のお二人の御見舞には笑顔さえ見せ、「また、明日」と挨拶した由。

そんな父を見てきた母は、まさか翌日亡くなるとは思ってもみなかったらしい。

「「お迎え」は、最期の時期を穏やかに過ごすために、神から与えられたギフトなんだと思う。人間は生理的に、あの世に守られながら死ねるようになっているのかもしれない。」

(『看取り先生の遺言』・奥野修司・文春文庫)

二千人以上を看取ったガン専門医で自らもガンで亡くなった、岡部健医師を取材した本。終末期ケアの核ともいえるスピリチュアル面に真正面から取り組み、具体案も提示し、自ら実践してみせた人を描いた、見事な本である。

乗客

「地球にやさしい」との愚言は、いつ頃からマスコミで流布されだしたのだろうか。人類が発生する前から地球は存在し、人類滅亡後も存在し続けるであろう。地球にとっては、人類の有無などなんの関係もなかろう。人類は宇宙船地球号に乗せてもらっている存在で、公害なども宇宙から見れば、何程のことでもないらしい。いずれにしても地球にとっては、人類の存在も公害等も些事だろう。

しかし、人間にとっては大問題になる。人間がこのあとも健全に生き延びたいと願うなら、他の乗客にも配慮し傍若無人の振舞を慎しまねばならない。人類の滅亡は自業自得としても、他に迷惑はかけられない。ただ、先のような愚言を聞くと、他の乗客に対し申し訳ない気持ちで一杯になる。地球資源を浪費し地球環境を汚しているのは、もっぱら人類のみであるのだから。

他の乗客は人類に迷惑をかけられても、誰も文句も言えず抵抗もし得ない。彼らの抗議は自身が滅びることだけである。この厳粛なメッセージを、真摯に受け止め、真剣に応えてゆかねばと思う。

これを無視、軽視するなら、いずれ然るべき受難が待ち受けているであろう。そして、その責任は人間のみにある。苦しい時の神頼み等をいくらしてみても全く無駄。自然の摂理は冷厳にはたらく。

地球は単なる無機物の集合体ではなく、「ガイア」と呼ばれる生命体との認識もある由。人類の歴史とは、ガイアにとって隠忍自重の歴史であったに相違ない。まして、地球の創造神にとっては。

人間的思考によって、ガイアや神の思惟を忖度するなどは、真に神をも恐れぬ行為となるか。

地球に比べると、人間は細菌以下の存在なのだ。その程度の人間が「やさしい」等とは、おこがましすぎる。

今までのところ、人間の天敵は人間だけのように見える。

来　世

「あの世」の存在が科学的に証明されなくとも、あると信じることで安心が得られる。「あの世」を信じられれば、死が現世から来世への境涯の変化となる。来世で先に亡くなった両親や知人等とも会えると思えば、高齢になるほど死を案じなくてもすむ。「あの世」の有無の議論より、信じることがもたらす安心感を尊重したい。

「あの世」が無いとすれば、「この世」は不公平で矛盾に満ちた納得しかねる世界となる。ドストエフスキイ流に言うなら、〝神が無ければ全てが許される。〟ということだ。逆に言えば、神の座に人間が座っていることになる。これは倫理の不存在を意味し、無秩序そのものの反道徳的世界となる。動物には本能という抑制装置が強力に働くが、人間にはそれがない。動物的という形容詞は、人間の非道な行為によく冠せられる。しかし、本来的に動物は非道を働けない。動物の抑制装置は、それ程強力である。自然が動物を適切に導いているのだ。人間の非道は、常に不自然な欲望や思考に根ざす。「動物的」とは動物が聞けば、それは「人間的」と呼ぶべき事象であろうと言うに違いない。

犯罪を犯しても、見つからなければ、逃げおおせれば罰せられないとすれば、正義という言葉は有名無実となる。世界に冠たる日本の警察力をもってしても、迷宮事件を無くせない。

テレビドラマ等で勧善懲悪のストーリーが主流になるのは、こうした現実へのカタルシスであろうか。冤罪事件となれば、無罪の証明に理不尽な苦労を強いられる。そして例え無罪となっても、過ぎた時間は戻らない。例え罪人を逃すことがあっても、絶対に冤罪は避けねばならぬ由縁。

人生の時間を奪う行為だから冤罪は殺人と同様である。

「天網恢恢　疎にして漏らさず」（老子）

は、現来世を見据えている。

例えこの世では種々誤魔化せても、「あの世」ではそうはいかないだろう。

Ⅱ 宗教

仏　教

仏教の開祖は、釈迦。約二千六百年も昔にインドに生誕し、万人の救いを願い説法をした。だが、釈迦入滅後、弟子達が出家者だけが救われる仏教に歪めてしまった。入滅後五百年を過ぎると、本来の釈迦仏教に戻そうと大乗仏教運動が興る。大乗派は旧来仏教を小乗仏教と貶めた。

日本に伝来したのは、大乗仏教であったが、鎮護国家や為政者のための仏教に曲解。僧侶を国家公務員として扱い、律令で民衆に接し教えを説くことを禁じた。

その日本仏教を、本来の万人を救う釈迦仏教に戻したのが、平安末期から鎌倉時代にいわゆる鎌倉新仏教の先達として知られる法然である。この意味で法然は偉大なる宗教改革者であり、思想家でもあった。

以上は『ひらさちやの「法然」を読む』(佼成出版社)のまえがき部分を私流に整理したもの。法然論は多々あるが、釈迦仏教にまで遡り歴史的な位置づけを、素人にまで分かるように説明せんとした稀な論である。

以降は、文脈により尊称を用いている。

法然上人の仏教把握。

「仏教おほしといへども、所詮戒定恵の三学をばすぎず。」（『法然上人絵伝』（上）・岩波文庫）

上人の自己省察と対応。

「ここに我等ごときはすでに戒定恵の三学の器にあらず。この三学のほかに我心に相応する法門ありや、我身に堪たる修行やあると、よろづの智者にもとめ、諸の学者にとふらひしに、をしふる人もなく、しめす輩もなし。然間《しかるあいだ》なげきゝ経蔵にいり、かなしみゝ聖教にむかひて、手自《てずから》ひらきみし」（前同）

上人の発見と確信。

「善導和尚の観経の疏の、一心に専ら弥陀の名号を念じて、行住坐臥、時節の久近を問わず、念々に捨てざるもの、これを正定の業と名づく、かの仏の願に順ずるが故にといふ文を見得てのち、我等がごときの無智の身は偏《ひとえ》にこの文をあふぎ、専このことはりをたのみて、念々不捨の称名を修して、決定往生の業因に備《そなう》べし、たゞ善導の遺教《ゆいきょう》を信ずるのみにあらず、又あつく弥陀の弘誓《ぐぜい》に順ぜり、「順彼仏願故《じゅんぴぶつがんこ》」の文ふかく魂にそみ、心にとどめ

たるなり。」（前同）

この善導の一文こそが、浄土宗立宗の契機となった。

上人の立宗の目的。

「われ浄土宗をたつる心は、凡夫の報土にむまるゝことをしめさむためなり。」（前同）

智恵第一の法然房と称された上人が、凡夫のために開宗。これが驚天動地の地平の開拓となった。

上人が釈迦一代の教えを、「南無阿弥陀仏」の一語に集約されたことで、念仏は誰にでもどこででもいつでも唱えられる、有難い修法となった。

難解な教義の理解や難行苦行を求められることなく、ただ念仏を唱えさえすれば万人が往生しうる。

念仏以外の付加条件は一切ない。極楽に往生の後、仏になる修行に専念できる。

八百年の時空を越えて、今も救いの手は延べられている。

質 問

・念仏とは

「南無阿弥陀仏といふは、別したる事には思《おもう》べからず。阿弥陀ほとけ我をたすけ給へといふことばと心えて、心にはあみだほとけ、たすけ給へとおもひて、口には南無阿弥陀仏と唱《とな》うるを、三心《さんじん》具足の名号《みょうごう》と申也」（前同・以下同様）

・現世の過し方は

「現世をすぐべきやうは、念仏の申されんかたによりてすぐべし。念仏のさはりになりぬべからん事をばいとひすつべし。」

「念仏の助業ならずして、今生のために身を貪求《とんぐ》するは、三悪道の業となる、往生極楽のために自身を貪求するは、往生の助業となるなり」（前出（下））

「縦《たとい》余事《よじ》をいとなむとも、念仏を申しく〳〵これをする思ひをなせ。余事をしゝ念仏すとは思べからず」

「いけらば念仏の功つもり、しなば浄土へまいりなん。とてもかくても、この身にはおもひわづらふ事ぞなきと思ぬれば、死生ともにわづらひなし」

「聖道門の修行は、知恵をきはめて生死をはなれ、浄土門の修行は、愚痴《ぐち》にかへりて極楽にむまるとしるべし」

・死に臨んでは
「人の死の縁は、かねておもふにもかなひ候はず。俄におほちみちにておはる事も候。又大小便利のところにてしぬる人も候。前業《ぜんごう》のかれがたくて、太刀・かたなにて命をうしなひ、火にやけ、水におぼれて、いのちをほろぼすたぐひ多候へば、さやうにてしに候とも、日ごろ念仏申て、極楽へまいる心だにも候人ならば、いきのたえむ時に、弥陀・観音・勢至きたりて、むかへ給べしと信じ、思食べきにて候也。往生要集にも「時処諸縁お論ぜず、臨終に往生をまとめねがふに、その便宜《びんぎ》をえたる事、念仏にはしかず」と候へば、たのもしく候。」

・ある人の百四十五ヶ条の質問状への御返事から抄記（前同には、うち十九条を採録）

一、酒のむはつみにて候か。
答、まことには、のむべくもなけれども、この世のならひ。
一、臨終に、善知識《ぜんちしき》にあひ候はずとも、日ごろの念仏にて往生はし候べきか。
答、善知識にあはずとも、臨終おもふ様ならずとも、念仏申さば往生すべし。
一、心に妄念《もうねん》のいかにも思はれ候は、いかゞし候べき。
答、たゞ、よくよく念仏を申させたまへ。

遺　訓

「もろこし我朝に、もろ〳〵の智者たちのさたし申さるゝ観念の念にもあらず。又学問して念仏の心をさとりなとして申念仏にもあらず。たゞ往生極楽のためには南無阿弥陀仏と申て、うたがひなく往生するぞとおもひとりて申ほかには、別の子細さふらはず。たゞし三心《さんじん》・四修《ししゅ》など申ことの候は、皆決定《けつじょう》して南無阿弥陀仏にて往生するぞと、おもふうちにこもり候なり。

このほかにおくふかきことを存ぜば、※1二《に》尊《そん》の御あはれみにはづれ、本願にもれ候べし。念仏を※2信ぜむひとは、たとひ※3一代の法よく〳〵学せりとも、一文《いちもん》不知の愚鈍の身になして、あま入道の無智のともがらに同《おなじゅう》して、智者のふるまいをせずして、たゞ一向に念仏すべし」

※1釈尊と阿弥陀仏（原本（岩波文庫）に注としてあり）、2信じようと思う人（同上）、3釈尊の全教示（原本にはないが筆者が加えた）

『法然上人絵伝』（下）には表題は無いが、これが世に言う「一枚起請文」である。上人の入滅の二日前、十八年間常随給仕した勢観房源智（京都・百万遍・知恩寺の開山）からの、信仰の形見をとの願いに応えられたものと伝わる。

浄土宗では日常のおつとめで唱えられる。

知恩院・勢至堂の前庭の右側に、全文を記した標がある。

禅門からの讃辞（『一枚起請文のこころ』・藤堂恭俊・東方出版）

あの辛辣な一休禅師

伝え聞く　法然生き如来

蓮華上品《れんげじょうぼん》に安座し
尼入道の無智のともからに同じくす
一枚起請　もっとも奇なるかな

「平安朝末期から鎌倉時代にかけて、わが国の上下各層が大きくゆれにゆれた動乱期のさなか、明日に生きようとする人たちに、生きるこころのともしびを点じ続けた法然上人は、「生き如来」と慕われ、おがまれた、と伝え聞いている。法然上人はたしかに今はお浄土の上品上生《じょうぼんじょうしょう》の蓮巣《はちす》の台《うてな》に坐しておられるが、あさはかな、とるに足りない人間の思慮・分別すら持たない愚癡文盲の人たちのレベルにまでたちもどって、現に生きる道を説き続けておられる。

そのおしえこそ『一枚起請文』にほかならない。これほど尊く、これほど不思議なことはない。」(同)

江戸時代の嵯峨天竜寺の桂州道倫禅師
だれかいう一枚の紙　なかにふくむ大蔵
経天外に出頭する者　はじめて知らん
この語のかんばしきを

「一枚の紙は紙でも、その紙の厚薄や大小、紙質にかかわりなく、そこに綴られている内容がものをいうことは、いまさら取り沙汰するまでもありません。『一枚起請文』は文字どおり、文字が書かれてある一枚の紙にすぎませんが、その文字によって示される内容は、厖大《ぼうだい》な仏教経典の中身のすべてを含蓄しているのです。しかも内容は平易なようにもおもわれますが、実はなみの人の伺い知るところでなく、ただ仏道の極意に達した人にして、はじめて味わうことができるのです。」(同)

扇の譬え「開けば浄土三部経、たためば選択本願念仏集、一枚起請文は要なり」

まさに、幸田露伴の評する如く「日本文で書かれた神品」である。

山脈

法然上人を主峰とする浄土門の山脈は、壮大な広がりを持っている。別けても、親鸞聖人を開祖とする浄土真宗は、日本最大の仏教教団となっている。親鸞上人から『選択本願念仏集』を附属された数少ない弟子の一人だ。
聖人は結婚し子供もあった在俗の僧で、凡俗生活の中での信仰の範を示された、在家の我々には親《ちか》しく有難い存在だ。

聖人の信仰

「弥陀の誓願不思議にたすけられまいらせて、往生をばとぐるなりと信じて、念仏まうさんとおもひたつこゝろのをこるとき、すなはち摂取不捨の利益《りやく》にあづけしめたまふなり。弥陀の本願には、老少善悪《ぜんまく》のひとをえらばれず、たゞ信心を要とすとしるべし。そのゆへは、罪悪深重、煩悩熾盛《しじやう》の衆生をたすけんがための願にてまします。しかれば本願を信ぜんには、他の善も要にあらず、念仏にまさるべき善なきゆへに。悪をもおそるべからず、弥陀の本願をさまたぐるほどの悪なきがゆへに」（『歎異抄』・岩波文庫）

聖人の覚悟

「たゞ念仏して弥陀にたすけられまひらすべしと、よきひとのおほせをかぶりて、信ずるほかに別の子細なきなり。念仏は、まことに浄土にむまるゝたねにてやはんべるらん、また地獄におつべき業にてやはんべるらん、総じてもて存知せざるなり。たとひ法然聖人にすかされまひらせて、念仏して地獄におちたりとも、さらに後悔すべからずさふらふ。そのゆへは、自余の行をはげみて仏《ぶつ》になるべかりける身が、念仏をまうして地獄にもおちてさふらはでこそ、すかされたてまつりてといふ後悔もさふらはめ、いづれの行もをよびがたき身なれば、とても地獄は一定《いちぢやう》すみかぞかし」（前同）

弟子としての凛然たる思いが、惻惻として伝わってくる。

示　現

正岡子規が漱石とともに道後を散策した折に詠んだ、

色里や十歩はなれて秋の風

の句は、一遍上人誕生の地、宝厳寺に詣った時のものの由。子規は一遍を「古往古来当地出身の第一の豪傑なり」と顕彰している。

仏教詩人の坂村真民は、宝厳寺の重文の一遍立像を『一遍上人語録　捨て果てて』（大蔵出版）で激賞しているのを知った。平成二年に松山に赴任し初めてその立像を拝観することができた。離任後も数回参拝している。ところが平成二十七年の参詣時には、宝厳寺が焼失し再建の途上にあるのを目の当りにし驚愕した。その後平成二十八年五月に完了。重文の立像は銅製となり新造の一遍堂に安置されている由。坂村もさぞ感慨深いことであろう。坂村の的確な一遍上人評を左に引く。

「思うに上人の偉大さは、一山にこもり童塔伽藍《どうとうがらん》を建てることもなく、国家安泰を祈願し、自己の栄達を図ることもなく、また悟りの深さを書き残すこともなく、橋をかけ池を作ったりすることもなく、一切を捨てて諸国を遊行《ゆぎょう》し、無差別平等の真の念仏を伝え、一人でも多くの人に浄土行きの賦算札《ふさんふだ》を配り歩いたことである。こういうことは、そう誰にでもできることではない。一遍上人独自の生き方である。」(同書)

坂村は熊本出身であるが、墓は宝厳寺の裏山にあり、墓碑銘には「念ずれば花ひらく」とある。

時宗の開祖一遍上人は、法然上人の曾孫弟子である。十才で出家し、二十四才で還俗。

その後、三十六才で妻子を伴い再出家した。熊野本宮証誠殿参籠《さんろう》時、「信不信をいはず、有罪無罪を論ぜず、南無阿弥陀仏が往生するぞ」（『一遍上人語録』・岩波文庫）

との熊野権現の示現を得て成道。

以後、妻子を離別し、念仏勧進の一所不住の遊行に出る。

上人の用心

「夫《それ》、念仏の行者用心《ようじん》のこと、しめすべきよし承《うけたまわり》候。南無阿弥陀仏ともうす外、さらに用心もなく、此外に又示べき安心もなし。

諸の智者達の様々に立おかるゝ法要どもの侍《はべ》るも、皆諸惑に対したる仮初《かりそめ》の要文なり。されば、念仏の行者は、かやうの事をも打捨て念仏すべし。むかし、空也上人へ、ある人、念仏はいかゞ申すべきやと問ければ、「捨《すて》てこそ」とばかりにて、なにとも仰《おおせ》られずと、西行法師の選集抄に載《のせ》られたり。是誠に金言なり。

念仏の行者は智恵をも愚痴をも捨、善悪の境界をもすて、貴賤高下の道理をもすて、地獄をおそるゝ心をもすて、極楽を願ふ心をもすて、又諸宗の悟をもすて、一切の事をすて〻申念仏こそ、弥陀超世の本願に尤《もっとも》かなひ候へ。かやうに打あげ打あげとなふれば、仏もなく我もなく、まして此内に兎《と》角《かく》の道理もなし。善悪の境界、皆浄土なり。外に求べからず、厭《いとう》べからず。よろづ生としいけるもの、山河草木、ふく風たつ浪の音までも、念仏ならずといふことなし。人ばかり超世の願いに預《あずかる》にあらず。またかくのごとく愚老が申事も意得《こころえ》にくく候はゞ、意得にくきにまかせて愚老が申事をも打捨、何ともかともあてがひはからずして、本願に任《まかせ》て念仏したまふべし。念仏は安心して申も、安心せずして申も、他力超世の本願にたがふ事なし。弥陀の本願に欠《かけ》たる事もなく、あまれることもなし。此外にさのみ何事をか用心して申べき。たゞ愚なる者の心に立《たち》かへりて念仏したまふべし。

南無阿弥陀仏」（前同）

又、命終にのぞみ、「阿弥陀経を誦《じゅし》て、御所持の書籍等を手づから焼捨たまひて、「一代の聖教皆尽《つき》て、南無阿弥陀仏になりはてぬ」と仰《おおせ》られける。」（前同）

「百利口語《ひゃくりくご》」（前同）から、心に深く残る口語を引いてみる。

「南無阿弥陀仏の名号は　過たる此身の本尊なり」

「詞《ことば》をつくし乞《こい》あるきへつらひもとめ願はねど　僅《わずか》に命をつぐほどは　さすがに人こそ供

養すれ　それもあたらずなり果《はて》ば　飢死《うえじに》こそはせんずらめ」

漂泊の旅は、日々の決死行だったが、それでも、一人旅はやがて複数の男女が付き従う旅に変化した。

七百数十年前の一所不住の乞食《こつじき》遊行の困難さは、想像を絶するものがある。

三　祖

「念仏の機に三品《さんぼん》あり。上根《じょうこん》は、妻子を帯し家に在《あり》ながら、著《じゃく》せずして往生す。中根は、妻子をすつるといへども、住処と衣食《えじき》とを帯して、著せずして往生す。下根は、万事を捨離《しゃり》して、往生す。我等は下根のものなれば、一切を捨《すて》ずは、定《さだめ》て臨終に諸事に著して往生をし損ずべきなりと思ふ故に、かくのごとく行ずるなり。よくよく心に思量すべし。」

（『一遍上人語録』・岩波文庫）

浄土宗の法然、浄土真宗の親鸞、時宗の一遍の三祖とも、僧として出発したが、亡くなるまで僧であったのは法然（没八十才）のみ。建永の法難（浄土宗弾圧事件・一二〇七年）で、法然と親鸞は僧分を剥奪され俗名を与えられ遠流《をんる》となった。親鸞は「しかればすでに僧にあらず俗にあらず」と以後、愚禿《とく》と自称（三十五才）。流所で妻子をもうけ「非僧非俗」の、在家の信徒の一人として立った（没九十才）。「捨聖《すてひじり》」と呼ばれた一遍は、一所不住の遍歴の遊行途上で五十一才で亡没。

〈三祖共通事にかかわる愚考〉
一、教団等の組成は不考
一、寺院等の建立は不考
一、死後の諸儀礼不要
一、権力等の忌避
一、不合理な俗信・迷信の排除
三宗とも祖師の死後、弟子により教団が組成され現在に至る。また、三宗の本山（知恩院・本願寺・遊行寺）も同様。

法然の遺言「孝養《きようよう》のために精舎《しようじや》建立のいとなみをなすなかれ。心ざしあらば、をのく群衆《ぐんじゆう》せず、念仏して恩を報ずべし。」

親鸞の遺言「某《それがし》閉眼せば加茂川に入れて魚に与うべし」

一遍の遺言「わが門弟子におきては、葬礼の儀式をとゝのふべからず。野に捨て獣にほどこすべし。」

俗世での布教の困難が多々あっても、また、いかなる世になろうとも、せめて「権力等の忌避」に留意することが望まれる。

沙弥

親鸞は「われはこれ賀古《かこ》の教信沙弥《きようしんしやみ》の定《じよう》なり（同類の者）」と常に語っていた由。教信は親鸞誕生の約三百年前に亡くなっている。播磨《はりま》国賀古（兵庫県加古川市）に妻子と住み、田畑の手伝いや荷物運び等により糧を得ていた。沙弥とは姿は僧でも正規の僧ではなく、妻子を養い生業に従事している者のことである。

勝尾寺（大阪府箕面市）の僧勝如《しょうにょ》は、十二年間一人草庵に籠もり無言の行を続けていた。貞観八年（八六六）八月十五日夜、庵の戸をたたく音がし、こう告げた。

「我はこれ播磨国賀古の駅《うまや》の北の辺りに居住せる沙弥教信なり。今極楽に往生するの時なり。上人は明年の今月今夜其の迎えを得べし。この由《よし》を告げんがための故に以《もつ》て来《きた》れるなり。」（『教信沙弥と往生人たち』・渡辺貞麿・東本願寺）

勝如は事の真偽を知るため、翌朝弟子の勝鑑《しょうかん》を賀古に派遣した。駅の北に小庵があり近づくと、死人が横たわり、空には鳥が舞い何匹もの犬が死骸をむさぼり食っていた。庵内の老女と少年は悲泣している。勝鑑が訳を問うと、老女が答えた。

「死人はこれ我が夫沙弥教信なり。去る十五日の夜既に以《も》って死去す。今三日になれり。一生の間弥陀の号《みな》を称えて昼夜に休まず、以って己が業《わざ》とす。之《これ》を雇い用うる人は呼んで阿弥陀丸とす。是を日を送る計《はかりごと》となして已《すで》に三十年を経たり。この童は即ち子なり。今母と子と共にその便りを失って為方《せんかた》を知らず。」（前同）

弟子の報告を聞いた勝如は衝撃を受けた。

「我が年来の無言、教信の口称に如かず。恐らくは、利他の行疎《おろそか》ならん。」（前同）

以後、勝如は草庵での隠遁生活と無言の行を放棄し、人里に赴き念仏を勧める聖《ひじり》となった。その一年後の八月十五日の夜、八十七才で没。

教信の住んだ庵の跡には、教信寺が創建された。弘安九年（一二八六）には、一遍が訪れている。

「いなみのゝ教信寺に参給。本願上人の練行の古跡なつかしく思給ながら、やがてとほり給べきにて侍りけるに、いかなる事かありけむ、「教信上人のとどめ給」とて一夜とどまり給。人あやしみをなし侍りけり。」（『一遍聖絵』・岩波文庫）

と、詞書《ことばがき》に時空を越えた出会いが記されている。

教信寺は阪神淡路大震災の被害から復興、一千有余年絶えることなく、教信の威徳を伝え続ける人々により現在に至っている。

証　文

「浄土の法門の存在理由は、在家に幾多の妙好人を出すことにあるのではないか。妙好人の存在こそは、浄土の法門を価値づけるものであって、もし彼らが現れなかったら、三部経も、祖師の説法も、学僧の教学も、何か架空なことを述べていることになろう。だがそれらの一切が真実だということの何よりの証文が、妙好人によって示されている」（『柳宗悦妙好人論集』・岩波文庫）

妙好人とは「白い蓮華のような浄《きよ》らかな信心を、篤《あつ》く身につけた信徒たちを讃えて呼ぶ言葉なのである。それゆえ妙好人は、何も念仏系の仏者のみに現れるわけではないが、それがいちじるしく念仏者の間に多く、わけても真宗の信徒に多いことは注目されてよい。」（前同）ということである。

妙好人の大宗は、無学・文盲の貧しい下層の人々である。江戸中期に「妙好人伝」が現われるが、宗門の教学者達は妙好人を主題として宗教的真理の考察をほとんどしていない。

妙好人を宗教哲理の面から考察した最初のものは、鈴木大拙の『日本的霊性』・『妙好人』であろうと、柳は把握した。彼はこの現象に、自らの〝民芸〟の発見に照らして、美学者・美術史家が民芸品を無視してきたこととの類似を見ている。そのため、「有難いことである。名も知れない片田舎に名も知れない妙好人が、あちらこちらに今も現れてくる」(前同)

柳が自ら現地(鳥取県青谷町)調査を行い一書にまとめた『妙好人因幡の源左』(百華苑)に二九八の言行を採録している。(固有名詞は省略、方言は補足し、抄記)

・次男が気がふれた時、「あがな身にならはって、いとしげになあ」「あゝ、ようこそ〳〵、このたびらくな身にして貰《むら》ってのう」

・長男が死に、引続いて次男が死に、災厄が重なった。願生寺(菩提寺)の住職が「爺さん、仏の御慈悲に不足が起りはせんかいのう」と尋ねると、「有難う御座んす、御院家さん、如来さんからの御催促で御座んす。之でも往生は出来んか、之でも出来んかと、御催促で御座んすわいなあ。ようこそ〳〵なんまんだぶ〳〵」

・五十代の頃、火事に会ふて、丸焼になった。願正寺の住職が、「爺さん、ひどいめに逢ふたのう。こん度はがめ(よわる)たらうなあ」「御院家さん、重荷を卸さして貰ひまして、肩が軽うになりましたいな。前世の借銭を戻さしせ貰ひましただけ、いつかな（ちつとも）案じてごしなはんすなよ」

・源左が「おらあ、監獄の人を見りや手を合して拝みますだいな」と言うと、知人が「そりやまたどがなわけだいなあ」と聞くと「この源左奴《め》は、まつと悪い人間でござんすだけど、おらの身がわりになって姿を見せしめしてござれるで、縛られずにすみますだいな。そが思やあ、手を合せて拝まずにやをられませんだがやあ」

・或人働いてゐる源左に、「年が寄ったら、こがあにえらい目をしなはらずに、楽《らく》しなはれなあ」「おらあ若い時楽して来ただけれ、年が寄つても働かにやならんだいなあ。人家《ひとけ》（他人の家）の年寄は若い時働いとっただけ、年が寄つても楽してもえゝだがのう」

・病気の時、人々が「えらからう、しんどからう」と同情してねぎらうと、「ちよつともえらいこたあないだいな。こがなことぐらゐが何でえらからあに、地獄に落ちる苦しみに比べてみなんせえ、ちよつとも、えらいこたあないだいな」

源左が八十九才で病床にあった時、友人も病床にあった。友人は死が近づくにつれ不安になり、どうしたら安心して死ねるかを、娘に何回か源左のところへ聞きにやった。「ただ死にさえすればよい」が源左の答。（前出）

昭和五年二月二十日、源左は八十九才で没。この友人は翌日二十一日に八十六才で往生。

凡夫

世界の四大聖人には、自らの著作はない。

だが、その教えや言動は弟子達等の手により残された。仏典や聖書はその典型であろう。聖人自身が書かれることがなかったのには、何か深い意味があるようにも思われる。しかし、未だにその教示には出会えていない。

また、文盲の底下の凡夫であろうと、その人生の浄らかな信心から醸される香り高い言動が、周囲の人々に感動を与え、感動が語り継がれてきたものが「妙好人伝」に結晶したにちがいない。

ならば、結晶することもなく忘れられてしまった人々も公汎に存在したであろう。加えて我々の身近な周辺にも、人に知れずひっそりと清楚に咲いている花々のような人生もあるような気がする。

知の巨人達に、そんな人々のことを採録してもらいたいものだ。

鈴木大拙には、妙好人に係る前述の著書の前駆となる『宗教経験の事実』（大東出版）がある。

該書では妙好人「讃岐の庄松《しょうま》」を、『庄松言行録』により説述。言行録には九十一則が収録されている。庄松は生涯独身で一所不住。

・庄松に墓を建ててやると云えば、「己れは石の下には居らぬ」

・耶蘇教が入って来て困ると呟くものに、「凡夫が仏になるより有難い事があるか」

・臨終間近に、「喜んで居るか」と尋ねると、「喜びどころか苦しくて居れぬは」

「多年苦修の禅匠も企及すべからざるものがある」（前同）

『日本的霊性』（大東出版）第四篇で紹介された浅原才市は、『妙好人』（法蔵館）で彼の「口あひ」（歌）を手掛かりに彼の信仰世界が広深に論及されている。

才市は島根県大田市温泉津《ゆのつ》町の人、八十三才で昭和八年一月に往生。五十才頃までは舟大工であったが、下駄职人に転職。仕事のあいまにカンナ屑に歌を書いた。夜、それを子供の綴り方の清書帳に清書。ほとんど平仮名の歌は推定では一万首にのぼり、死後歌集にまとめられたものだけでも五千首をこえる。

寺に行く以外は、世間と没交渉。独り弥陀と語り合える仕事に精励した。

彼の信仰を象徴するような歌

・さいちや　ほとけが　みたいなら
　こころを　みいよ
　機法一体　なむあみだぶつ
　これが　さいちが　おやさまよ
　ごおんうれしや　なむあみだぶつ

・さいちや
　いま息がきれたら　どうするか
　はい　はい
　あなたのなかで　きれまする
　なむあみだぶつ　なむあみだぶつ
　（『ご恩うれしや』・石見の才市顕彰会・同朋舎）

愚　路

釈尊の弟子に周利槃陀迦《しゅりはんだか》という人がおられた。

「阿弥陀経」の冒頭に十六人の弟子の名前が出てくるが、七番目にこの人の名がある。

六番目は離婆多《りはた》でこの人の兄。バラモンの家に生まれた優秀な兄は父の後継となったが、仏弟子と出会い釈尊の弟子となる。自分の名も書けない愚鈍な弟も、釈尊の弟子にと願い兄に頼むも拒否される。祇園精舎の門前で弟が大声で泣いていると、托鉢帰りの釈尊が近づき、泣いている理由を聞かれ、次第を聞くと直接弟子にされた。

しかし、物覚えが悪く他の弟子のようにはゆかない。そこで、釈尊は掃除具を渡すと、精舎に住む五百人分の木履の掃除を命じられた。片方をはたくときに「ちりを払い」と言い、もう片方のときは「垢を除かん」と言えと命じ、一方、弟子達にはその旨を伝え、大声で唱えてやってほしいと指示された。

「ちりを払い」を言うのに一年。「垢を除かん」まで一人で言えるのに三年かかった。釈尊の教示はこれのみ。二十年経過すると、ちりというのは心中の煩悩、垢とは煩悩による行為ではと気づく。二十五年たつと、顔つきが変わった。その顔を御覧になった釈尊は、開悟したと認められた。開悟の後も、従前通り掃除は生涯続けられた由。(『法に聴け』・鷲津清静・白馬社)により、略述。

二千数百年前の出家者の中に、このような人がおられたことは、我々にとって大変な福音である。難行苦行をすることなく、深遠な哲理を理解することなく、誰れもがなし得る平凡な日常事の継続的な実践を通して開悟し得るとは!

唱える言葉を「南無阿弥陀仏」とすれば、時空を超越して、そこに真正の妙好人が活きている。凡愚の身には、有難い先達である。

ちなみに、「愚路」とは周利槃陀迦を貶めた渾名。

聖　貧

アシジの聖フランシスコは、法然上人が五十才(一一八二年)の時、イタリアに生誕した。

二十五才の時、サン・ダミアーノ教会の十字架から「わたしの家を再建しなさい」との召命を体験。一人で修復に着手したという。二十九才の二月二十四日のミサで、マタイ伝の「財布の中に金、銀または銭を入れて行くな。旅行のための袋も、二枚の下着も、くつも、つえも持って行くな。」（日本聖書協会）を聴いて貧困の召命に応じ決定的に回心。アシジで戸毎に乞食し、街頭で説教を開始した。伴侶が十二人になった時、ローマ法皇に修道会の設立を願い出て承認される。「小さな兄弟団」と自称。一所不住の乞食遊行に勤しむ。

一二一二年（法然入寂）には、アシジの名門の貴女クララが出家し、「小さな姉妹団」を創る。

「貧困においてキリストとその使徒の生活と受苦を実践的に模倣すること、この単純な信条がフランシスの生涯を貫く生活原理となり、生涯渝ることがなかった。この生活原理の外にフランシスには特別の「思想」はない。神学も況んや哲学もない。彼に随う「小さな兄弟団」の指導原理も戒律もこの他にない。」（『アッシジの聖フランシス』・下村寅太郎・南窓社）

「読書・学問を忌疑し、兄弟たちのこれに赴くことを強く抑制したのも、読書・学問が自ら範例を実践することなくそれにも拘らず宛かも範例をなし得るかの如き、更に悪く、なし得たの如き傲慢に誘惑することを戒めるもの」（前同）

「托鉢乞食によって施しを受けるのは神からであって、純粋に、端的に与えられるのである」（同）

「心の驕り、精神的な誇り対しては、我々の心は防ぎきれない。フランシスは聖者と言われることを常に怖れ、悪人、愚か者、無知の人と呼ばれることを最大の「誉」とした。」（同）

「正さしくそれは「聖貧」である。無所有によって自由になるのでなく、無力になるのである、それによって全的に神に、神のみに依存すること」（同）

死の二年前（一二二四年）、アルヴェルナの山中で、両手と両脚と脇腹にキリストと同じ瘡痕を受けた（「聖痕」）。こうした例は彼以前には知られていなかったが、以後は数百の実例がある由。

不治の病に冒され失明。自ら作った「太陽の歌」に、次の句を付加した。

ほめられよ、わが主よ、われらの姉妹である肉体の死によりて
生ある者はたれもそれを逃れられず
大罪のまま死する者は災いなり
おんみのいと高きみ旨《むね》を見いだす者は幸いなり
第二の死に損なわるることなきゆえに
（『聖フランシスコの小さき花』・永野藤夫訳・講談社）

召命体験・食乞修行・還愚思想などは、フランシスコの死の十三年後生誕した一遍上人に通底している。他国の浄土宗の人の如き観がある。

一二二六年、アシジの近郊ポルチウンクラで詩篇一四二を唱えて、四十五才で帰天。

先　達

「日本で本当に天照大神のお光をわが身に体験した先達《せんだつ》は誰かとお尋ねになれば、それは黒住宗忠公でございますね。」（『ザ・大菩薩峠』・中里介山・第三書館）

「黒住宗忠と言っても、中国・四国地方の人は別として、その他の地方では一体だれのことかと思う人が多いらしい。」(『黒住宗忠』・原敬吾・吉川弘文館)

宗忠は安永九年(一七八〇)、岡山の神官の三男として出生。人一倍孝心が篤かった。三十三才の時、痢疾で両親が他界し、傷心のため、翌年秋から宗忠も病床に。翌々年には医師から見離される重態となった。しかし、病因は父母の死を悲しむ陰気と気づき、心が陽気になれば治ると直観。せめて生きている間は心養が孝行と思い定めると、これを境に病は快方へ。三月、臥床中の宗忠は入浴と日拝《にっぱい》を希望。それを機に、年来の病は一時に全快したという。

その年(一八一四)の十一月十一日(冬至の朝)、日拝をし一心不乱に祈念している時、太陽の陽気が全身に満ちた。この時、「天地生その霊機を自得」(前同)。愚住教ではこれを「天明直受《てんめいじきじゅ》」と呼び、立教の時としている。宗忠は「天照大神と同神と同魂同体」となったと理解。他にもこの恵みをと考え、翌年から布教開始。

天《あま》てらすの御心《みこころ》人心《ひとごころ》

一つになれば生きとふしなり

「有難き事は、一心に天照大神と一心と一つに相成り候て少しも乱れ申さざる時は、死と申す事たえて御座なしと存じ奉り候。」（同）

最後の病床。枕辺《まくらべ》には猪口《ちょこ》一杯の水のみ。十数日絶食。病中少しの苦痛もなし。死の数日前、門弟が気分を問うと

何事も神に任せて世に住めば
いと心地よき今日の暮かな

の歌を指し、心境の説明とした由。享年七十一才。

Ⅲ 生命

所与

人間にとって必須の物は、すべて無償か安価で与えられている。

空気が無ければ数分、水が無ければ二週間、食物が無ければ二～三カ月程度で通常の人間は絶命する。陽光や大地を含め、すべて与えられたもの。人間が創ったものは何一つ無い。

地球環境を汚染し、人類の生存条件を悪化させているのは、専ら人間のみ。まさに地球は、動物園ならぬ人間園である。園の周囲は宇宙空間で、内外ともに柵はない。だが、人間は勝手に陸上に国境を設けたり、わざわざ種々の壁まで作る。万里の長城はその象徴だろう。

樹齢五十年の木一本で大人四人と子供二人分の酸素を供給してくれる由。世界最大のアマゾン流域の森林地帯の減少が、地球大気の酸素の減少に影響していると聞くが、問題報道の無いところをみると、当面は大丈夫なのかもしれない。

真水は地球上の水の数パーセントに過ぎない。真水の供給源は、天水。降雨を受け止め、徐々に流してくれる装置が森林。高山の降雪は天然の貯水槽。森林には浄水機能もある。また、水田にも優れた保水機能がある。

国産材が安い外材に代替され、山に手が入らず荒れてしまうと、この装置は機能不全となってしまう。森林が機能不全になると、水田にも影響する。安い材は輸入しえても、清浄な空気と水までは輸入しえない。

経済面だけでなく、こうした公益機能面も的確に把握した対策が望まれる。生命にとって大切なものほど、経済価値が認められていない。「経済」なるものの基盤が、如何に狭隘であるかを示している。

人間にとって必須の物に経済価値がないことは、我々には大変有難い。生存基盤は何人にもどこにも、適切に備えられている。逆に考えると、いたずらに高価な商品は普通の人間には必要ないのではあるまいか。

我々はかくの如く、生かされている。

震災

熊本地震が発生して一年が過ぎた。当時熊本城の崩壊はＴＶで見ていても心が痛んだ。阪神淡路大震災では、火事。東日本大震災では、津波が多くの人命を奪った。両大震災では地震に加えこれらが重なったことで、被害が拡大した。

一方、震度7に二回も見舞われた益城町のことを想うと、自然災害の脅威に身がつまされる。

『「震度7」を生き抜く』（田村康二・祥伝社）は、新潟大地震と新潟県中越地震の二度の震度7を経験された医師の著書。そこにはこのように記されている。

「危機に際し、人間はまず、心をしっかりと持たなくてはと自分に言い聞かせるべきだと思う。壊《こわ》れた物の損害はしょうがない。

「命あっての物種《ものだね》」であり、「自分の心こそが真の財産」だと知ることである。私はいつも、危機に際してそう思ってきた。そして、災害時には支援者や隣人と「互いに助け合う相互扶助の心こそ、最大の財産」だと知った。」

体験に基づく種々の具体的な知恵が込められた報告書といえる。ちなみに、震度7とは「強い揺れで人は自分の意思で行動できなくなる。屋内ではほとんどの家具は動き、なかには飛ぶものもある。ほとんどの建物で壁のタイルや窓ガラスが破損、落下、補強されたブロック塀も破損する。耐震性の高い住居でも傾いたりする」（気象庁）とされている。

「地震発生後四八時間のサバイバル」の章には、次のような項立がある。

○うろたえるな！　四八時間以内に必ず救いの手がくる
○四八時間なら飲まず食わずでも生きられる
○非常食より紙おむつ・簡易トイレの備蓄
○寝袋・ホカロン・ラジオは必需品
○電気・水・ガスの順で復旧する
○救援物質はなかなか被災者に渡らない

全編、災害弱者に配慮した肌理細かいアドバイス等が記されており、震災列島の住民には有用な必読書だろう。

阪神淡路大震災時、両親は京都に住んでいたので、即刻電話で無事を確認した。ＴＶ報道で状況を知り三十分後に再確認しようとしたが、以後電話は全くつながらなかった。

東日本大震災時、私は帰宅困難者となり浜松町から大手町まで歩いた。道々、ホテルを覗いたが廊下や階段にまで人が溢れ入れる余地は全くなかった。大手町にある元職場の子会社にたどりつき、会議室で休ませてもらった。家人に連絡しようと電話したが全然つながらない。念のためと思い携帯電話を借りてみたが同様。食事のためビルを出てたまたま空いていた公衆電話からかけたら、即つながった。後で聞いてみると、公衆電話ならつながったという話は多かった。

考えてみれば、連絡がついたからといって被災状況等が変わるわけではないし、重い病状等が快復するものでもない。しかし、知った事実が諸懸念を払拭してくれる。適切に連絡をとりうることは有難いものだ。

参禅

「思ふべし、人の身に止《や》むことを得ずして営《いとな》む所、才一に食ふ物、才二に着る物、才三に居《ゐ》る所なり。人間《にんげん》の大事《だいじ》、三《み》つには過ぎず。餓《う》ゑず、寒《さむ》からず、風《ふう》雨に侵《をか》されずして、閑《しづ》かに過《すぐ》すを楽《たの》しびとす。たゞし人皆病《ひとみなやまひ》あり。病に冒《をか》されぬれば、その愁忍《うれへしの》び難《がた》し。医療忘《いれう》れるべからず。薬を加《くは》へて、四《よ》つの事、求め得ざるを貧《まづ》しとす。この四つ、欠けざるを富《と》めりとす。この四つの外《ほか》を求め営むを奢《おご》りとす。四つの事倹約《けんやく》ならば、誰《たれ》の人か足《た》らずとせん。」（『徒然草』才百二十三段。岩波文庫）

禅堂での生活は「人の身に止むことを得ずして営む所」で簡素が極限にまで追求されている。日常の行住坐臥の中に、静謐で奥深い時が過ぎてゆく。

四十年前、初めて参禅した時、一番困ったのは食事の時間であった。参加者全員が交代で食事当番をした。食器の扱い方をはじめ、種々の決まりがある。その一つでも間違うと厳しい叱声。受けた食器のヘリに指が触れたりすると「キタナイことをしおって」とやられる。手の平に食器を置いて給仕するのは、不安定で落としそうになる。

普段やりつけないことなのでよけい心もとない。ついつい指が触れてしまう。緊張するとますますヘマをやる。当番をはずれるまでは、何も食べた気がしなかった。

食べたくないものは拒絶し得たし、量の加減も自由。だが、一旦受けたものはすべて食さねばならない。

自己責任原則が見事に貫徹されている。その自在さにいたく感心させられた。

食事の用意が整うと、合掌し箸袋に印刷されている「五観《ごかん》の偈《げ》」を唱える。


一つには功《こう》の多《た》少《しょう》を計《はか》り、彼《か》の来処《らいしょ》を量る。

二つには己《おのれ》が徳行《とくぎょう》の全欠《ぜんけつ》を忖《はか》って供《く》に応《おう》ず。

三つには心《しん》を防《ふせ》ぎ過《とが》を離《はな》るることは、貪等《とんとう》を宗《しゅう》とす。

四つには正《まさ》に良薬《りょうやく》を事《こと》とするは、形枯《ぎょうこ》を療《りょう》ぜんが為《ため》なり。

五つには成道《じょうどう》の為《ため》の故《ゆえ》に、今此《いまこ》の食《じき》を受《う》く。


『典座教訓・赴粥飯法』（道元・講談社学術文庫）の訳文。


一つに、目前に置かれた食事ができ上がってくるまでの手数のいかに多いかを考え、それぞれの材料がここまで来た経路を考えてみよう。

二つに、この食事を受けることは、数多くの人々の供養を受けることにほかならないが、自分はその供養に受けるに足るだけの正しい行ないができているかどうかを反省して供養を受けよう。

三つに、常日ごろ、迷いの心が起きないように、また過ちを犯さないように心掛けるが、その際に貪りの心、怒りの心、道理をわきまえぬ心の三つを根本として考える。食事の場においても同様である。

四つに、こうして食事を頂くことは、とりもなおさず良薬を頂くことであり、それはこの身が痩せ衰えるのを防ぐためである。

五つに、今こうやって食事を頂くのには、仏道を成就するという大きな目標があるのである。


食事が整うまでの間は、般若心経を唱え続ける。導師が箸を取り上ると食事開始、置けば終了。食堂は三黙道場の一つとされ、食事中の発語は不可。量の加減も合掌した手の摩擦音で示す。無論、飲食に際し音を立てるのは厳禁。持参した食器は、所与の茶で洗いそれを飲む。食器はふくさに包んで、また禅堂に持ち帰る。実に合理的で全く無駄がない。

座禅さえすれば良いのでは、との勘違いは全面的に打破された。

行住坐臥のすべてに、禅的システムがある。

庭、風呂、便所等の掃除も作務《さむ》として、全員で分担。日常生活を根本的に見直すいいきっかけとなった。

不食

「われわれが一椀の飯を食べること。それはたんに空腹をみたすということではない。ものを食べるのは、生きるという態度であり、食べないと決心することは、死ぬる決心をすることである。食事は、生死の問題につながっている。」（『ある経済学者の死生観』・大熊信行・論創社）

丸山眞男の『増補版・現代政治の思想と行動』の後書きにある「大日本帝国の『実在』よりも戦後民主主義の『虚妄』の方に賭ける」という有名な一節は、実は大熊の論説を念頭に置いて書かれた由。経済思想史研究から出発した大熊は、現小樽商大教授となるが、一期生に伊藤整・小林多喜二等がいた。しかし、左翼からは右翼、右翼からは左翼視された大熊は、没後（昭和五十二年）急速に忘れられた思想家となった。

私は古稀の数年前、全く予期せぬ大熊の御弟子さんとの出会いで、その存在を知ることとなった。

当時私は一人になった母にかねてより同居を勧めていたが、母は迷惑をかけたくないからと独居を続けた。大腸ガンの手術後もその意思は変わらず、独自に歩行練習も開始、一カ月後には京都に戻った。同居でなく近隣での独居をとの思いはあったので然るべき物件を探していた。道路をはさんだ自宅の東側にある中古マンションの一階に出物があり、南面に庭もあり陽当りも申し分なく価格も手頃、何より目と鼻の先であったため即購入した。

しかし母は結局ここに住むことなく自宅で食道ガンで亡くなった。

母の死後、私はそのマンションの役員（会計）になった。半年を経過すると、管理会社の導入の必要性を痛切に感じた。一年ごとに交替する役員に、継続的・長期的観点からの対応方策の樹立や事務書類の整理保管等は期待し難く、高齢化の進捗等で運営の適切性保持にも懸念があった。そこで数カ所でマンション生活経験のある方々にヒアリングした。その中で強く導入を主張され、当時の執行部のバックアップやフォローもしていただいたのが、件の御弟子さんである。ちなみに、氏は句集を出されている俳人でもある。

元職場の同期のトップに聞くと、大熊は知る人ぞ知る存在の由。

冒頭の引用文は、大熊の古稀の時の文。

他にも、「生と死が直面するのは、最後の瞬間においてではなくて、生は最初から死との闘いである」や「経済とは人間が「生きる」こと、すなわち間断なく死と闘うことである」とも。
もし、人間が飲食と無関係に生きうるならば、世界は全く違う様相を見せるであろう。狩猟も採集等も必要ないならば、古代人は何をしたであろうか。現代人が当然視している、諸産業、諸施設、諸規制、諸組織等々、多くは不必要なものとならないか。飲食の規制から自由になることは、経済からも自由になることではあるまいか。

不食実践家の三人（秋山佳胤、森美智代、山田鷹夫）の共著『食べない人たち』（マキノ出版）の中に「不食は意識を常識から解き放つことが目的であって、食べないことが目標ではない」とある。

大切なのは、不食理論家の書ではなく、実践家の共著であること。同書には、

「不食とは、「物質的な食物を摂取しなくても、人は生存できる」ということを証明するための生き方といってもよいでしょう。

よく比較される「断食」には、そうした考え方はありません。断食では一時的に食物の摂取を絶ちますが、その期間が過ぎれば元の食生活に戻っていきます。それに対して、食べない生活を習慣としてずっと続けるのが不食です。」

「不食にはコツがあり、それさえわかれば誰にでもできるということ。そしてそこから人

類の新しい未来が見えてくる」

ともある。

ちなみに、秋山佳胤（一九六九年生）は、弁護士・医学博士。森美智代（一九六二年生）は、難病の脊髄小脳変性症を西式・甲田療法で克服。鍼灸院院長、一日青汁一杯生活で十九年超。山田鷹夫（一九五一年生）は、新潟県十日町在住。不食研究所代表。

聖 女

一九四八年三月二十六日のドイツの新聞記事。

「この聖金曜日、ドイツの片田舎の一人の婦人が小さなベッドに横たわっていた。彼女の頭と手と肩は、キリストが十字架に掛けられたときに出来た釘といばらの冠による傷口と同じ場所から流れ出る血で赤く染まっていた。何千人ものドイツ人やアメリカ人が、畏敬の念に満ちて、このテレーゼ・ノイモンのベッドのわきに縦に並んで、沈黙のうちに通り過ぎて行った」（『あるヨギの自叙伝』・パラマハンサ・ヨガナンダ著・森北出版）

テレーゼは一八九八年生まれで、二十才の時に不慮の災難に会い、失明・全身不随となる。

しかし二十五才の時、ある聖女への熱烈な祈りで、奇跡的に視力を回復、その後、手足も一瞬にして治癒。以来、祭壇に供えた聖餅の小さな一片（銅貨位の大きさで紙のように薄いもの）以外は不食となった。二十八才の時、聖痕を体験。以後、第二次世界大戦が始まるまでは、毎週金曜日に経験したそうだ。

ヨガナンダは一九三五年にこの聖女を訪問し、直接以下のような会話を交えた。

「十二年もの間、それで命をつないできたわけではありませんね？」

「はい、私は神様の光で生きているのでございます」

「あなたの神にささげられたご生涯は、キリストがおっしゃった『人はパンだけで生きるものではなく、神の口から出る一つ一つのコトバによって生きるものである』という真理を毎日実証するものですね」

「ほんとうにそのとおりでございます。私が今日この世にこうして生きている理由の一つは、食べ物によらず見えない神の光によって生きられることを証明するためでございます」

「あなたは、食べ物をとらずに生きる方法を人に教えることができますか？」

「いいえ、それはできません。神様がお望みになりませんから」

彼女と親しくしていたアイヒシュタット大学の外国語の教授の証言では、

「排泄物は全然ありませんが、汗腺は普通に働いていて、皮膚はいつもなめらかで引きしまっています」

とある。また、彼女の二人の弟の証言では、

「毎晩わずか一、二時間しか睡眠をとらない」

ともあった。

一九七七年三月七日、インド政府はヨガナンダの記念切手を発行。この時のインド郵政省が配布した説明書の一部。

「青少年時代を除いてその生涯の大半を外国で過ごしたが、それでも、彼はやはりインドの偉大な聖者たちの一人に数えられるべき人物である。」

墓参

聖女テレーゼの生まれる三十五年前（文久三年・一八六三）に、山形県鶴岡に稀代の大霊媒と称された長南年恵《おさなみとしえ》が誕生している。

彼女の半生に起こった主な事件を左記に摘記する。

「一、彼女は文字通り絶食絶飲の状態を十四年間（三十一才〜四十四才・死去）も続けました。

一、彼女には大小便などの生理作用は全くなく、またその生涯に、ただ一度の月経もありませんでした。

一、彼女が数分間、神に祈願すると、何十本ものビンの中に一時に霊水が充満するのでした。（霊水は個人毎に色が異なっていた）

一、彼女は四十四才で死にましたが、その時なお二十才位の若々しい容貌の持ち主でした。

一、彼女は何の教養もないのに、いったん入神状態に入ると、書に、画に、非凡の手腕を発揮しました。
一、彼女は詐術の罪で何度か投獄されましたが、奇跡的な現象は監獄の内部でも依然として続出しました。また裁判官の眼前でビンの中に霊薬を引き寄せたこともありました。」
(『心霊講座』・浅野和三郎著・黒木昭征訳・ハート出版)

なお、十四年間の（　）書きは、『霊人の証明』(丹波哲郎・角川文庫)により補記。また、死亡年齢も五十才とあるのを、同書により四十四才に修正した。

浅野は大正十二年六月二十二日に、彼女の弟雄吉《ゆうきち》と大阪市天正寺茶臼町の彼の家で面談。この面談記録を整理し、昭和五年に『長南年恵物語』(心霊科学研究会刊)として発表。

丹波はこれに加え、地元鶴岡の彼女の事績研究者の冊子等も踏まえ、現地調査も行い「死後の世界は確実にある」という〝生きた見本〟を提示すべく同書を刊行した。

丹波は当該冊子の〈附〉として巻末に載せられている「長南家戸籍謄本」の写しで、雄吉が年恵の弟であることや他の家族の存在も確認している。

年恵の墓は、鶴岡の般若寺(曹洞宗)にある。長南家は家系も絶え〝無縁〟になってしまっているが、年恵の墓だけには今でも献花が絶えない。(『霊人の証明』)

平成二十七年五月十五日、元職場の同僚との東北旅行の際に墓参がやっと叶った。この時も、同書にある通り仏花が備えられていた。

御住職の奥様のお話では、彼女は国内よりも海外で有名らしく、外人がよくお参りに来るとのことであった。

心霊学の伝統のある英国はもとより、我国に比べると、欧米諸国はスピリチュアリズムについてより寛容的な風土があるのだろう。

彼女の存在自体に疑念はなくとも、「半生に起こった主な事件」となれば如何。

「詐術の罪」の有無の吟味をしてみる。

もし詐術があったとすればその動機は何であろうか。縁のあった方々の証言記録を見る限り、金銭目的でないことは明々白々であり、売名などは論外である。では、事実関係は。病気治療用の霊水の出現は、裁判時に裁判官が眼前で出現を確認している。

また、飲食や生理作用の件は、仮に詐術があったとしても長期間継続することは不可能だ。以上を勘案すれば、常識的にみて「詐術の罪」があったとは到底考えられない。

一方、官憲の圧迫や学界の無視等こそ、驕溢な憶測に基づく非常識な対応と断罪されて然るべきと思われる。

我国にも、せめて欧米なみの寛容さがあったなら、彼女が罪人扱いされることはなかったのではと思えてならない。

古稀前年の初めての墓参で、思いがけない事実を知ったのかもしれない。

食治

「水野南北（一七五六〜一八三四）は観相家であったから、現代人でその名を知っている人は少ない。しかし貝原益軒に勝るとも劣らない健康法を発表していたのである。それは個人の健康についてだけでなく、食糧危機・エネルギー危機・人口増加問題など現代がかかえる難問題すら解決できる社会の健康法でもある。」（『食は運命を左右する』・水野南北著・玉井禮一郎訳・たまいらぼ）

中国に「医食同源」との言葉があり、「食は医なり」との格言もある由。ＢＣ六五〇年の治病書には、〝食治〟という言葉がみられるという。

日本では奈良時代に「食治」が初めて紹介され、江戸時代には具原益軒の『大和本草』によりその重要性が説かれた。しかし、これらは口と身体の養ないにとどまっている。南北はこれを、口と身体と心の養いを目的とした「修身録」にまで高めている。現代の色々の健康法にも欠けている点かもしれない。以上、同書により略述した。

南北は十八才で入牢。出獄後二十一才頃観から想家を目指し、湯屋の三助・火葬場の隠亡になり全身の相を学ぶ。しかし、従来の相学では百発百中とはいかなかった。悩んだ末伊勢神宮に参詣し、断食、水ごりの荒行を修めて「人の運は食にあり」に想到。

「人を観相する場合、先ず食の多少を聞き、それによってその人の生涯の吉兆を占なえば、万に一つもはずれない」(同)

「一日に食べるのは麦一合五勺と決め、酒は大好きであるが、これも一日一合と決めて実行している」(同)

これは世の人々に、飲食節制の手本を示すためと語った。

南北は天保五年十一月、高弟と歓談中倒れ昏睡、いびきが止むと微笑したりした。三日目、高弟が口癖の「さぁて、行くか!」を聞いた時、七十八才で逝去したという。(『だまってすわれば』・神坂次郎・小学館文庫)
「南北の命運学の面目は「適中を誇るべきではなく、人間を救う」ことに重点をおいたことであろう。」(同)

平成二十年三月二十八日、南北縁《ゆかり》の祠《ほこら》が残されている大阪市淀川区加島の田辺三菱製薬(株)を訪問。事情を説明すると、心よく参拝が許された。

案内された広い芝生の庭に、小さな祠だけがポツンとあった。

南北地蔵に合掌。

軍医

終戦後、大陸にあった日本軍のうち、上海からのコースで復員する部隊は、市政府周辺の指定地域に集結して、乗船の順番を待っていた。

昭和二十一年五月上旬、上海集中営の防疫官の一員であった沼田勇軍医少尉は、一患者の便からコレラ菌を発見。その報告を受けすぐに防疫対策の会議が開催された。会議の進行に携わっていたのは、沼田をよく知る新谷軍医大佐。四人の少将が講演した後は、重い沈黙が支配していた。

「十万の兵隊の生命は、いまこの席にいるわれわれに預けられている」

そう発言をうながすも意見は出ない。そこで大佐は沼田少尉の名を呼んだ。席がなく立っている人の間から沼田が出てくると、意見を求めた。

沼田は登壇すると深く一礼し、極く簡単な対策を開陳した。

「食事の際はもちろん、食後少なくとも二十分間は、一切水分を摂《と》らぬよう、厳重に申し渡すこと」

そうすることで、酸に弱い細菌類の大半は胃の中で死滅する。

酸性になりきらぬ食物が十二指腸に送られると発病するため、この事実を踏まえた人体の自然にまかせた防疫対策の提言であった。

この薬物等を一切用いない対策で、コレラ患者が送られてきても上海に到着と同時にそれを食いとめ、爾後《じご》コレラは発生を見なかった。大佐は二階級特進の功績と賞賛するも、沼田は元の階級のままで帰国。疎開先の伊豆大仁《おおひと》で一開業医となった。入隊以前にも、世界的研究業績を上げながら、世俗的な事情で認められなかった経験もしている。

以上、伊藤桂一著『かかる軍人ありき』（光人社）の〝一軍医の記録〟によった。

私は沼田の経歴に不知であったこともあり、しばらくの間『病は食から』（農文協）の著者と同一人物であることに気づかなかった。大佐が彼を知ることになった種々のエピソード等も、同書ではその片鱗さえ窺えなかった。

伊藤の該書の再刊に際し、沼田が会長（三代目）をしていた日本綜合医学会の事務局長から伊藤宛に書信があり、あとがきでそれが紹介されている。

「沼田博士の防疫給水隊全員（約九百名）が中支引き揚げのどん尻までの悪給養下に、一兵の病人も出さず、しかも皆が皆、痩せ衰えて栄養失調でバタバタ死んで行った時期と場所で、全く体位体力を落とさなかったことは重要なエピソードであり、今後到来を予想される食糧不足時代への救荒食の示唆をも含むものと思われます。（緑草はビタミンA、B複合体、C、K等のビタミンと鉄をはじめとするミネラルの宝庫です）これは博士等将校が、私物を売って塩と油とメリケン粉を絶やさなかったため、野草の天ぷら、油炒め、カラ揚げが出来たからです。こうするとビタミンCの破壊がずっと少なくてすみ、しかも飽きずに（むしろ美味に）食べられます。

米麦等の主食は、他部隊と同一の配給量であり、このため怪しまれて、何度も司令部から検査を受けたが、その都度、炊事に案内して、使役兵が摘みとってきた大笊何杯もの青草をみせて納得させた」とある。

永年、禅修業にも励まれ、地元の禅堂の管理もまかされた。その様子が平成十四年、八十七才の時にNHKの教育テレビ「こころの時代」で放送され、深い感銘を受けた。

食養

密林の聖者・シュバイツァーに、自らの哲学と医学としての応用技術等を理解してもらうために、桜沢如一（一八九三〜一九六六）はフランス語で『東洋医学の哲学』（日本CI協会）をランバレーネのシュバイツァー病院で一九五六年に書いた。

「入院患者の大半は、熱帯性潰瘍の多発からレプラ様になったもの。そこで、桜沢は原住民の酋長会議に陪席した折に聞いてみた。

「このような病気は昔からあったのか？」「いや昔はなかった」「いつごろから多くなったのか？」「三十年まえごろからだ」「それでは、シュバイツァーがきてからではないのか？」「たしかにそのとおりだ。あのホワイトの奴らは、われわれを滅ぼそうとしているのだ。彼らこそ人類の敵だ」

さすがの桜沢もその場を逃げ出さざるをえなかったという。事実、文明社会の砂糖、白パン、缶詰などが豊富に常用されるようになって、もともと原住民にはなかったいろいろの病気が多発するようになっていたことは明らかである。

同様の例は、世界の各地に見られ、日本でもそれはいちじるしい。」（『病は食から』・沼田勇・農文協）

桜沢は現地人と同じ生活をし、九分九厘助からぬと言われる当該病に自らも罹病。シュバイツァーは「君はここにいては危険だ、すぐに帰れ！」と激しい口調で追い立てたという。

しかし、桜沢は〝食物だけであらゆる病気を治す〟という実験を、我身を材料にして行い、その恐ろしい病いを治してみせた。しかし、捨て身の誠心誠意の説得も、彼には通じなかった。

桜沢は十八才の時、肺と腸を結核におかされ、そのうえ胃潰瘍となり吐血。この時、石塚左玄（陸軍薬剤監・一八五一〜一九〇九）の弟子の食養指導により救われた。石塚の『食物養生法』を入手しそれを読むと、

「『食物だけで健康で幸せになるという無限の金山の秘密地図』を手に入れた。それから私はこれを世界に知らせて、みんなを招待する、その金山の木戸番、かねては宣伝員をやる事で一生暮す事に決心した。」（『食べもの健康法』・農文協〜『食物養生法』の訳・橋本政憲）

と書かれている。

沼田の前出書は、四十年以上取組んだ石塚思想の解説と応用の書であり、各種の自然食運動の系譜をたどると、ほぼそのすべてが、石塚に突き当たるという。

石塚の五つの原理

①食物至上論（食本主義）―命は食にあり、病いは口にあり
②人類穀食動物論（穀食主義）―本来肉食動物でも草食動物でもない
③身土不二論（風土食論）―その土地、その季節のものを食べよ
④一物全体食論（自然食主義）―食物はなるべくその全体を丸々食べよ
⑤陰陽調和論（均衡主義）―自分の体の類型を知って食物を選べ

この原理をふまえたうえで、自分の食生活を正しく保ってゆくことが大切で、実地への適用は、その人なりの工夫を要す。

これに加え、食養とは食物修養であり、人間の生き方をどう考えるかという問題でもある。食料自給率が四〇パーセントをきったのは、食生活の変化、農業の変質等が原因で、食物をたんなるモノと考えるのは問題であると沼田は注意を喚起している。

インド仏教には食物についての規則はない。布施を受けて生きる出家者に、布施物の選り好みは許されず釈迦は肉類が布施されたら食された。出家者が肉食をしてはならないという規則は中国仏教や日本仏教のものの由。もしそれが不殺生戒によるならば、植物は生物ではないことになり、常識にそぐわない。人間は生命あるものを食して自らの生命をつ

ながざるをえない運命を負っている。
身上不二の考え方からすれば、居住城の近隣に産する物をそれが旬の時に食するのが最も望ましいとされる。それが栄養面でも経済面でも最も効率的であり、何より健康的である。

病ひみな日々食物の食ひ違ひ
真面目《まじめ》の食に煩《わずらい》はなし

左玄

食糧

人体は自身の誕生以来の飲食物の総体である。食物は生命に直結しており、食物は自然から与えられるもの。その自然と人間の間を繋ぐ仕事は、第一次産業と呼ばれている。また、無機物を有機物に変換しうるのは植物のみで、その植物を動物がいただいているのが生態系である。自然物は一定期間を経ると自然に帰るのが掟だ。人間も自然物であるため、土に帰る。自然に帰らないモノは、人間が創り出したモノばかりで、それが自然環境を汚し人間を苦しめる。最終処理が手に余るようなモノを人間は創ってはならない。科学者や企業家等には、この点に厳しい倫理的責任が課されている。

食物を供給する農業は、自然物のみを扱っている時には危険性の懸念は全くない。しかし、農薬や成長促進剤等々、人間が製造したものを使用する場合は、経済性の向上・省力効果等が如何に図れようとも、安全性が確保されない限り絶対に使用してはならない。これは明々白々の事実と思えるが、種々の公害・薬害等を見せられると悲しく腹立たしくなる。

本来生命を維持するはずの食物が人体を損う。こんな馬鹿なことが許されるはずがない。「医食同源」が基本である。これでは〝食養〟などはとうてい望むべくもないではないか。〝農業問題〟などというが、そもそも農業に問題などは存在しない。問題は食物を自給しえない、圧倒的多数の都市住民の食糧確保問題なのである。この点を踏まえない農業論は、論たりえない。終戦前後の買い出し現象は、如実にそれを示している。

また、農業問題というなら、国民を飢えさせないための措置対応は何如かということになろう。現行の食生活の維持の問題などではありえない。食料自給率が四〇パーセントを切っている国で、現行の維持など冗談ではない。よく例にあげられた、天麩羅そばの水だけが国産など、話にもならない。平成五年の米凶作による外米の緊急輸入!? 江戸時代でさえ、備荒米の備蓄はあったのに。

参考のために当時の新聞報道を見てみる。

「日本は、世界の歴史始まって以来の、それこそ史上空前の食料輸入大国。一方では、世界の穀物収穫面積はここ十数年以上にわたって減り続け、年間一億人近い人口が増え続けている。この2つの事実をみても、〝食糧は輸出国に頼ればいい〟という考え方は安直にすぎないか。また、水田や林や森や水や、そして稲作によって支えられている地域の人々の生活や文化が守られるのだから、逆に安いものではないか。それでも米が高いというのは、交換価値（つまり米粒）にしか値打ちを認めない拝金主義、一種の病気である」（朝日・5・10・1、作家・井上ひさし）

また、当時はガットの議論もあった時で、

「ガット体制は、地球を食いつぶすだろう。そもそも年間雨量が2000ミリもあって、米作に適した国の田んぼを草ぼうぼうにして、地下水を組み上げて作った海の向こうの米を、油を使い環境を汚しながらはるばる運んでくることの、どこが経済的なのか。地球環境という観点からみれば、愚の骨頂である」（東京・5・12・16、農民作家・山下惣一）

などとも書かれていた。小学生になる前、事情は不明ながら外米を食べさせられたことがあるが、子供心に外米は二度と食べるまいと思った。

輸入米騒動の時、カリフォルニア米を試しに食べたが、幼児体験を再確認しただけであった。無論、古稀においておや。

「おいしい水がもてはやされる時代に、一日のご飯代は一人百円に満たない。何が国益なのかを真剣に考えるべきだ」（朝日・5・9・6、森島東大教授）

食は人間の生命を支える根源的な営みであり、食糧の安定的確保は時代や国を問わず、第一義的な課題である。

昨今の状況から鑑みても、「無農国」化の途を歩んではならない。

科学

科学を広辞苑で引くと「世界の一部分を対象領域とする経験的に論証できる系統的な合理的認識」とあり、これ自体がなかなか難しい感じがする。ちなみに実験は「実際に試みること。実地の試験。人為的に一定の条件を設定して、自然現象を起させてみること」とある。

逆に考えれば、科学は世界の〝全部〟は対象としえず、実験の有効性には一定の限界があることになる。

ならば常に、全科学知は部分的であり、かつ論証性にも限界があることになる。科学の発展とは、その部分と限界の拡大のことではあるまいか。それを実現していくのが、発明や発見なのであろう。

従って、既知の体系は常に変革されることになる。

しかし、その最大の障害となるのは、事柄自体よりも常に固定観念や偏見という〝意識〟面の問題である。

「レイチェン・カースン女史がＤＤＴに代表される殺虫剤は生物界の秩序を乱すと警告して『サイレント・スプリング』を発表した一九六二年（昭和三十七年）。それより一年も前に日本では奈良県五条市の一開業医が、「農薬の害について」というパンフレットを自費出版していた。」（『複合汚染』・有吉佐和子・新潮文庫）

この中に出てくる開業医が、梁瀬義亮《やなせぎりょう》（一九二〇～一九九三）である。『サイレント・スプリング』は『生と死の妙薬』と題されて出された。それは次第に全国に異常な反響をよび起こした。

「残留農薬による慢性中毒」という事実が認められ、マスコミは騒ぎ、人々は恐怖に陥れられた。政府も研究機関を動員して「農薬の害」についての研究と処置に努力するよう声明した。私の主張が急に認められるようになり、次々と来るパンフレットの請求が私たちを困惑せしめた。

残留農薬問題に輿論はわき上がった。私たちはいよいよ悲願の農薬廃止の日が近づいたことをよろこんだ。昭和四十二年春、もうこれ以上一開業医が騒ぐことはあるまいとして「健康を守る会」を解散した。

私は再び自分の開業医の職に専念し、併せて仏道修行と仏教研究会の育成に努力することになった。有機農法については、それまでに得た知見をまとめ、更に研究をつづけることに決めた。」(『生命の医と生命の農を求めて』・地涌社)

「人間の農作業は一体如何なる意味を持っているのであろうか。これは「つくる」作業でも「とる」作業でもなく、「いただく」作業、正しくは「いただく作法」である。」(同)

「農と医の目指すものは「生命」であって、「利潤追及」ではない。だから農や医は決して企業であってはならない。農と医を企業にしてしまった現在の農政や医政は重大な誤りを犯しているのである。」(同)

これが過ぎし昔の話であることを、切に願うばかりだ。

同書の中で「科学的」とは何かを考えるのに、極めて興味ある氏の体験談が記されているので、そのまま引用したい。

「死んでからも、徳の高い人や宗教心の篤い人などは、死後硬直がこない。従ってその顔は円満でふくよかで、尊くすらある。

かつて私は、このことを或る医師の集いで発表したことがある。みんな笑い出した。

一人の医師が立ち上がって言った。

「人間の筋肉内にはグリコーゲンがあり、死んだらそれが分解して乳酸を発生し、それで筋肉は凝固する。死後硬直は人間や動物に必ず起きるべきものである。失礼ながら貴方のお話は到底信ずることは出来ぬ。貴方はそれで科学者ですか」

皆どっと笑った。

私はゆっくり壇上からその人に挨拶した。

そして言った。

「『あなたは科学者ですか』というお言葉をそのまま貴方にお返しします。貴方が私の実体験をよく追試するなり調査するなりして、その結果『梁瀬の体験は誤りである』と言うならばよろしい。私が体験してきた事実を聞いて、それが現在の自分の頭の中の理論で理解出来ないからといって、再調査もせず、すぐその事実を否定しようとするのは非科学的、いや反科学的です。

『事実は理論に優先する』これが科学の鉄則です。

現在の理論で一つの事実が解明されぬ時、その事実を否定してはいけません。事実を確認して理論の改革を為すべきです。これが科学です」

みんな黙ってしまった。」

まさに、〝これが科学〟であろう。

農　法

有機農法は、近代農法以前の農法である。農薬等近代的製造物を使用せず、自然物のみで農産物を生産する農法。近代産業の勃興以前―明治のある時期までは、国内農業のほとんどは有機農法であったと思われる。農薬禍等が問題になって以降、有機農法が言われだとしたとすると、ここ数十年くらいのことか。

キュウリ・トマト・ナス等、普段口にする野菜の味や香りが、子供の頃と違ってきたなと感じたのは、やはり数十年前から。色形はトマトであっても、何かが違う。言わば〝トマトのような物〟で、本来のトマトではない。栽培方法の違いによるのか。江戸時代の人たちが食した野菜の味とは、決定的に違っているにちがいない。江戸時代の人々の方が、豊かな食生活していたのだ。ワザワザ〝有機野菜〟を求めねばならぬ現代人は、彼らの生活に及ばない。

有機農法が問題になる以前から、独自に自然農法を追求していた哲人的農業者がいた。

『わら一本の革命』（春秋社）で広く一般に知られるようになった、福岡正信《ふくおかまさのぶ》（一九一三〜二〇〇八）である。

「もう四十年近くも前のことだが、高知の琴が浜の海岸で、田の中に散らかっているわらの中から芽を出し、元気に育っている稲に目をつけ、研究をつづけた末に、米麦の連続不耕起直播という米麦作を提唱するようになった。これは田を鋤くことなく、また稲刈り前の稲の中に麦と、越年栽培といってさらに籾とクローバーの種とを混合してばら播きして、長いわらをそのまま散らすだけである。」

福岡の自然農法の四大原則。

第一は、不耕起。植物の根や微生物や地中の動物の働きで、生物的、化学的耕耘が行われて、しかもその方が効果的。

第二は、無肥料。本来の自然の土壌は、そこで動植物の生活循環が活発になればなるほど、肥沃化していく。

第三は、無農薬。自然は常に完全なバランスをとっていて、人間が農薬を使わねばならないほどの病気とか害虫は発生しない。

第四は、無除草。草は草で制する、緑肥等で制御する。

無農薬については、

「消毒もしないこの田圃の害虫の発生密度が、いろんな薬を使って一生懸命消毒した田圃と、ほとんどちがわない。さらに驚くことは、害虫は少ないが、天敵は、消毒した田圃よりずっと多いから、結局、天敵のおかげで、これだけの状態を保っていることがわかった。高い薬をかけて虫を殺すより、こういう栽培法をとれば、全てが解決する」とある。

また、農業については、

「百姓が仕事をするという場合、自然に仕えてされおればいいんです。「農業」っていうのは、「聖業」だと言っていた。というのは、農業は神のそば仕えであって、神に奉仕する役だから、聖業だという意味だと言うんですよね。それをはなれて人間が、近代農業とか、企業農業とかいって、神の側近であることを忘れてですね、儲けるようになったときには、これはもう、いわゆる農業の原理を忘れて、商人に成り下がったということなんです。」

とあり、そして食糧問題については、

「米麦とですね、野菜を食っておれば生きられる、ということになってきたら、日本の農業というものも、それだけ作っておればいいんだし、それだけ作っておればいい、ということになれば、これは、きわめて楽な、いわゆる、百姓と名のつかない、ふつうの人々でもやることのできる遊びごとの農法で、日本の食糧問題というものは、解決してしまう。もしも、みなさんがそれで満足できるとすれば、人口が倍になろうが三倍になろうが、それで、自給体制というのが完全にとれるんです。これだけ農業問題が簡素化されれば、役人や農業技術者も十分の一に減らすことができ、税金のいらない日本ができることにもなる。」

とある。

福岡には、大冊の「無」の三部作（春秋社）がある。

『無［Ⅰ］神の革命』（宗教篇）
『無［Ⅱ］無の哲学』（哲学篇）
『無［Ⅲ］自然農法』（実践編）

実践編の追章は、「砂漠に種を蒔く」で、次の二節からなる。

・「種を蒔く人」には、雨がないから砂漠になったのではない。草木がなくなったから、雨が降らなくなったのである。アメリカの砂漠に立ってみて、私が直観したのは、雨は天から降るのではなく、地から湧くものであるということであった。とあり、

・「砂漠は緑化できる」には、砂漠の緑化は、自然農法の手法で、無知・無為・自然が、自然に、おのずから復活するのを待つしかないのである。人間はただ一度死滅した自然復活のキッカケを作っておくだけでよい。それが人間の罪滅ぼしであり、自然農法の手法でもある。

福岡の巨視的な自然と農業把握に、一条の光を感ずる。怠惰で不器用な身には、農業は縁遠い。一方、元職場の同僚で有機農業に取組む方々もおられる。他事ながら誇らしく有難く思っている。

四半世紀前、松山に勤務していた時、氏の縁戚の方の紹介を得て、自宅近くのミカン山を数名で訪ねた。他の来客と一緒に、農舎のいろりを囲んでうどんをいただいた。ただ、残念ながら、当時の会話の記憶が一切ない。氏の作務衣の褐色と、ミカンの木の下にびっしりと生えたクローバーの緑のみが、印象に残っているばかりだ。猫に小判であったかと、後悔するのみ。

Ⅳ 人体

宮　司

現在の不治の病の代表の一つはガンであろう。

「がんは生活習慣病ではなく、老化現象の一種です。」（『近藤先生、「がんは放置」で本当にいいんですか？』・近藤誠・光文社新書）

もし老化現象であるとすれば、高齢者のガン罹患率が高いことやガンの死者数が多いことも肯定しうる。一方、老化現象や死は、いかに医学が進歩しようとも絶対に阻止できない。この自然事をふまえれば、ガン患者としてはＱＯＬをいかに高く保って生き抜くかが問題となる。氏のこれへの回答が「放置」である。

ちなみに、氏は『患者よ、がんと闘うな』（文芸春秋・一九九六）で、

「手術はほとんど役にたたない、抗がん剤治療に意味があるがんは全体の一割、がん検診は百害あって一利もない」

「がんは今後も治るようにはならないだろう」

と主張されている。私は両親ともガンで亡くしているので、古稀の身には大変有難いア

ドバイスの一つに思える。

「学生時代、当時、不治の病いともいわれた肺結核が突如「消え失せる」という神秘な体験をした私は、その後、医療の世界に携わりながら、この不思議で驚くべき私の体験がいったいどうして起こったのか、その答えを探求し続けてきましたが、またそれは同時に、本当のこと、人間としてどのように生きていくことが真実の幸せなのかを求める日々でもありました。

医者として四十年を過ごし、そして春日大社の宮司となって、二十年に一度の大儀式、式年造替を奉仕したころから、これまでの人生で私がずっと思い悩み、考え続けてきたことの本質がようやくまとまり、見えてきたのです。」（『〈神道〉のこころ』・葉室頼昭・春秋社）

「最初は宇宙の情報、そこに三十五億年の祖先の経験がプラスされる。だから神の恵みと祖先の恩によってわれわれが生かされているというのは本当のことです。だからわれわれは神さまや祖先に生かされていることに感謝しなければならない。これが健康の基本」

「自分で生きていると思うから病気する」

「ガンを離さない。だから死んでいくんです。僕はガンなんてないんだ。ただ細胞が間違っているだけだ。だから正しい細胞に戻せばいいんだ。そういうバランスですね。発想の転換によってガン細胞が完全に消えてしまうことがある。そういう人をいくらでも見たことがありますし、僕自身も経験しました」

「どんなことが起きても構わない。それらすべてを感謝の心で受け止めていく。その捉え方いかんによって未来が決まります」

氏は、我国の形成外科のパイオニアの一人として活躍し、また自ら鍼治療を受け、その経験を踏まえて、患者に施術をすることで、外科手術後の鍼治療の劇的効果を確認した。それを学会で発表するも、他の医者から軽蔑されるが、以後も独自路線を歩む。

一方、伝統（神職と無関係の職業についていながら、氏の三代前の方々は最後には宮司になられた。）の故か、氏も医者のまま神職の勉強をされ、全国で二人しか取得しえなかった最高位の神職資格試験に合格。

「我の手術をやめよう。私が医者として患者を治すということをいっさいやめよう。神さまのお導きによって手術させていただく。」

この、「無我の手術」が成功した時、縁が熟し枚岡《ひらおか》神社の宮司になった。そしてその二年後（平成六年）、春日大社の宮司になられた。

平成二十一年、八十二才で帰天。

根　元

「けさも美しい太陽が昇った。昨夜はあんなに疲れていたのに、ぐっすり眠ってけさはまた、すっかり元気になった。思いきり深い深呼吸をする。手も動く、足も動く。そして目も見え、耳も聞える。

ああ何たる幸福であろう。なにそんな平凡のことがって？　いやそうではない。そのどれも平凡などという事は、一つもないのだ。

けさの太陽は、きのう地球の自転が無事に行われたおかげだ。だがわれわれは、その根元の力を知らない。」

これは神経解剖学の権威・元京都大学総長・平沢興著『見たまま感じたまま』からの言葉である。

詩人は歌う
　薔薇の木に　薔薇の花さく
　　なにごとの不思議なけれど
（北原白秋）

我々は何も知ることなく、無事生かされている。環境問題等の議論も、空気・水・土を汚さないことが主題。それらが失くなることを懸念している訳ではない。あまりに基本的な存在は、常に所与として考えられている。

我々は、なぜそれらがそこにその様に存在しているのかは、知らない。ただ、それらは我々のモノでないことは明白である。一時的にこの世界に借住いをさせてもらっているだけ。だから大家さんや後の住民等に迷惑はかけられない。

人体は十六の元素からできており、六十兆という膨大な細胞で形成されている由。細胞の寿命は、一番短くて三十六時間、次に白血球で約十三日、赤血球は約百二十日。全体の細胞が代謝するのに約七カ月かかる。

逆に言えば、七カ月前の飲食物によって現在の肉体は保たれている。しかし、神経細胞は唯一代謝をせず、その寿命は百年らしい。

平沢が言うように、「万物に頭をさげて、ありがたく生き」たいものだ。

芸　術

芸術には種々の分野が存在するが、美術や音楽や芸能等には全くの音痴であり、唯一文学にのみ興趣を感じる。しかし玄人向けの〝芸術作品〟の類は得手ではない。

高校一年生の時に学校の図書室で、芥川の「河童」を入口に文学の門をくぐった。両親とも文学には無縁で家には文学書の類は一冊もなかった。当初は見栄もあり純文学信仰者となったが、大学の二回生の時、山本周五郎に出会い〝大衆小説〟の文学性と物語の面白さにいたく感動した。また、父方のいとこからドフトエフスキィの『罪と罰』を借りて読み、その深刻さに衝撃を受けた。折から学生運動が激しくなり、大学は約一年半封鎖された。この間、自主講座等もあり哲学や宗教への関心が急速に深まっていった。

社会人になってからも純文学信仰の尻尾は長く残り、古稀になっても目が向くのは、作者の人生が色濃く反映されている諸作品や本音が窺える随筆等である。

「竹林の隠者」と呼ばれた文人・富士正晴は、一九八七年七月十五日、自宅で急性心不全で亡くなった。享年七十四才だった。

松田道雄の回顧記には以下のようにある。

「誰がみてもかぜだが、医者の私には一言も相談しないで、調理係りの娘に「薬局で胃散買うてきてんか」

とたのんだ。娘が買いにでたあと、私と家内に富士さんは説明した。

「わしのかぜは胃散でなおるのや。そのかわり胃のわるいときは、かぜ薬のむねん」（略）彼はその医学で七十をこえて一日にウイスキー一本をかるくあけ、数十本のたばこをのむだけの健康を保っているのだ。（略）

頓死するための不養生を富士さんは成功させた。だが、その不養生は半身不随になって、痴保になる可能性もある。（略）正常の生活をつづけながら、頓死的な心筋梗塞をおこせるか知りたい。そのほうが自分で薬をつかう安楽死よりも、楽しくて自然だからだ。（略）

アルコールとニコチンによる頓死術は、やはり他人にまねられない富士さんの芸術にぞくする。」（『富士正晴作品集二』・岩波書店・月報）〜原文に「・」はない。

「富士氏は無類の酒好き、医師ぎらいで、晩年はろくにまともな食事もせず、必要なカロリーはほとんどアルコールでまかなうという生活でした。散歩が身体にいいと聞くと、それまでしていた散歩をやめ、志賀直哉が死の床で点滴を引き抜いたという話などを面白がっていました。すべて自然の経過に任せますから、歯が抜けても歯医者には行きません。死ぬ直前には、残っている歯は一本だけになっていました。」（『日本人の死に時』・久坂部羊＝医師、作家・幻冬舎新書）

「明くる日に飲む約束をして、その日の晩に本人も気づかないうちに死んでしまう。なんとうらやましい最期でしょう。まさに達意の死です。」（同）

また、富士のエッセイ「健康けっこう　長寿いや」（六十六才、『不参加ぐらし』・六興出版）の結びでは、

「ずっと健康で、しかも余り長寿にならぬうちにポコリと死にたいのがわが望みである。ただし、そううまくいく方法がこの世にあるとも思われない。ケ・セ・ラ・セ・ラか。」

とあった。

参考までに、久坂部の「ある年令以上の人には病院へ行かないという選択肢」の提案の利点、項目のみを記す。(前出)

①濃厚医療による不自然死を避けられる
②つらい検査や治療を受けなくてすむ
③よけいな病気を見つけられる心配がない
④時間が無駄にならない
⑤金が無駄にならない
⑥精神的な負担が減る

さて、自らの芸術や、如何?

服用

軍医であった森鴎外は、薬には病気を直す力はない、しかも副作用があるとして、薬を服用しなかったという。

病気は医者に治してもらうものではない。

人体に備わった自然治癒力が治してくれるもの。医療行為のすべては、その支援である。無論、医者にかからないと治りにくい病気もあるが、九割方の病気は自然に治るものと、良心的なお医者様はおっしゃる。

世に言う、生活習慣病を治すのは、〝習慣〟の改善であって薬ではあるまい。それは自身が治すことに他ならぬ。

私は人間ドッグで四十代前半に高脂血症と診断され、薬を処方されたが、一切服用しなかった。翌年も同じ診断を下されたが、医者は体型・問診等から、「遺伝的なモノですね」と言い、薬も処方されなかった。

六十三才で退職するまで、人間ドッグ・健康診断は受けたが、以後それが問題になったことはない。退職後は、強制される事もなくなったので健診等は全く受診していない。古稀に至るまで、なんとか平穏に過せている。

薬は本来〝毒〟であり、副作用のない薬は効かない、などと聞きかじっている。今日以降どうなるかは分からないが、薬は飲まずにいようと思っている。万一、そんな事態になれば、漢方薬か自然の代替物を索したいと思っている。

「大自然の原理として、人間誰でも健康で幸福に一生おくれるように、チャンと設計されているのだ。それが実現されないのは生き方の自然法則からはずれているためで、この法則にそむくと身心の姿と動きに歪みが生じ、身心のバランスがくずれて病気になるのだ、そして又、その歪みを正してバランスをとり戻せば、病気は治る」(『からだの設計にミスはない』・橋本敬三・柏樹社)

活動

「操体法」の創始者、橋本敬三の驚くべき体験談。

「額を何かにぶっつけたらしく、ペコッと丸くへっこんでいる。陥没骨折というやつです。これはちょっと手術以外にどうしようもないな、と思ったが、フトこっちからへっこんだんだから、反対側のどこかに何か変化があるのではないかと思い直して、頭のあっちこっちを触ってみたのです。するとちょうど後頭部の対称点にひどい圧痛があるという。そして、そこの所を触ると、うんと気持がいいと言うんですね。気持ちいいんだったら気持ちよくしてやれ、とばかりにそこを毎日押してみた。するとね、骨がだんだん出てきたんだ。初めはこんなことってあるかな、と思っていたが、確かに出て来ている。それからはもう一生懸命、とにかく押してやれと思って、それを二〜三カ月続けてみたら、ほとんど凹みが目立たない程度に出てきたんですよ。こっちはもうびっくりしてしまった。こんなことは現代医学で教えてくれないですものね。私が「とにかく気持ちのいいことをしろ、気持ちのいいことが一番だ」といつも言うのはこんな体験があるからなんです」（『からだの設計にミスはない』・柏樹社）

橋本の健康の自己管理法は、絶対に他人に代わってやってもらうことのできない活動——息・食・動・想——の営み方にある。

前出書にある営み方を、私流に整理すると、左記の如し。

息……運動は息を呼きながらやる。呼吸する時は背骨がみんな動いている、背骨が動いたら、内蔵もみな影響をうける。呼吸の仕方一つでからだの中が変わり、人間が変わることは、注目すべきこと。腹式深呼吸を勧。

食……うまいものを食い過ぎるな。人間の歯は全部で二十八本、肉食用の歯は犬歯・糸切り歯の計四本。野菜用の前歯は八本。雑穀・堅果類用の臼歯は十六本。この歯の本数に比例する食事が人間に合った食生活。

（食養論にも同様の考え方がある）

動……ここが操体のメイン部分であるが、詳細は略し考え方の骨格のみ。「右の手で、自分のからだの前のものを拾う時には、右の足を出して拾うと拾いにくいんです。左の足を出して拾うと拾いやすい。そういうふうにチャンと出来ているんだ。出来ているということは、そういうように自然の法則があるということです。」

想……「何か良い所見つけなくっちゃ。人のアラ探しするよりも、何か良い所を見つけた方が、見つけた当人も気持ちがいいし、された方も気持ちがいいですよね。要するに〝気持ちがいい〟ってことさ。」

二　法

『夜船閑話《やせんかんな》』は、江戸時代禅界の最高峰白隠《はくいん》禅師が著わした仮名法語《かなほうご》で、『遠羅天釜《おらてがま》』と並んで、白隠仮名法語の双璧《そうへき》と称すべきものである。」（『夜船閑話』・伊豆山格堂・春秋社）

この本の帯には、〝健康法の古典的名著、内観・軟蘇の二法を説いて禅の健康法の書として名高い〟とあった。

白隠は禅病（神経症・ノイローゼ）にかかり、広く名僧や名医を探し治療を受けたが百薬寸功なし。或人曰く、京都白河の山中に住む白幽子（ちなみに、伴蒿蹊の『近世畸人伝』・岩波文庫、の最後にこの名がある）なら、大《おお》いに人に利ありということで、宝永七年（一七一〇）に訪ねて二法を学んだ。

その結果、「自分の年は本年七十を越えたが、少しの病もなく、歯が抜け落ちることもなく、眼や耳もますますハッキリし、ともすれば老眼鏡を忘れる位」になったという。

二法の内の一法が、内観の法。

臥床につき眼を合せる前に、先ず長く両足を展べて強く踏みそろえてから、一身の元気精気を気海丹田・腰脚足心に充たしめて、次の三句を念ずる行。
一、我が此の気海丹田、腰脚足心、総《そう》に是れ我が本来の面目《めんもく》、面目何の鼻孔《びくう》かある。
二、我が此の気海丹田、総に是れ我が唯心の浄土、浄土何の荘厳《しょうごん》かある。
三、我が此の気海丹田、総に是れ我が己身《こしん》の弥陀《みだ》、弥陀何の法をか説く。

そして他法が、軟蘇の法。

まず色美しく香のよい鴨の卵位の大きさの蘇を頭上に置くと想像する。それが次第に体温で溶け液状になって垂れ始め、頭全体をうるおし、次第に両肩両臂、両乳胸膈、肺肝腸胃、背骨臀骨をうるおして静かに注ぎ下る。それと共に今まで体内にたまっていた、しこり・かたまり・痛みのような物が、水の流れるように流れ去ってしまう。そして蘇の流れは両脚を温かく潤し、足の裏に至って止《とど》まる。


「明和《めいわ》五年（一七六八）の元旦、「老僧八十四になってまだ頑健、目出たや、目出たや」と言った。

その年の暮の十二月七日、主治医古郡氏が脈をとって「異状ございません」と言うと、白隠は「三日前に人の死を予知できないようでは、あなたも良医ではないな」と言って大笑した。三日後の十日、後事を弟子の遂翁に托し、十一日の暁、眠りからさめると、「吽《うん》」と大声で叫ぶなり、死んだ。」（『名僧列伝（二）』・紀野一義・講談社学術文庫）

平成十九年二月三日、白隠が五代目住職をつとめた松蔭寺に参拝、墓参。大変寒かったが、冠雪の富士は青空に輝いていた。

病　床

明治二十一年、二十一才にして最初の喀血をした子規は、三十才にして、根岸の子規庵でほとんど病床をはなれ得ない人となっていた。

そんな中、明治三十五年五月五日から新聞「日本」に『病牀六尺』を連載。死の二日前の九月十七日が最終回（百二十七回）となった。

『病牀六尺』・正岡子規・岩波文庫から、注目される回を摘記。

六月二日（二十一回）　余は今まで禅宗のいはゆる悟りといふ事を誤解して居た。悟りといふ事は如何なる場合にも平気で死ぬる事かと思って居たのは間違ひで、悟りといふ事は如何なる場合にも平気で生きて居る事であった。

六月二十日（三十九回）　もし死ぬることが出来ればそれは何より望むところである、しかし死ぬることも出来ねば殺してくれるものもない。一日の苦しみは夜に入ってやうやう減じ僅かに眠気さした時にはその日の苦痛が終ると共にはや翌朝寝起の苦痛が思ひやられる。寝起ほど苦しい時はないのである。

誰かこの苦を助けてくれるものはあるまいか、誰かこの苦を助けてくれるものはあるまいか。

（五月十三日には麻酔剤も効かなくなっていた）

七月十六日（六十五回）　死生の問題は大問題ではあるが、それは極《ご》く単純な事であるので、一旦あきらめてしまへば直に解決されてしまふ。それよりも直接に病人の苦楽に関係する問題は家庭の問題である、介抱《かいほう》の問題である。

七月二十六日（七十五回）　病気の境涯に処しては、病気を楽しむといふことにならなければ生きて居ても何の面白味もない。

子規、生涯最後（死の前日・九月十八日）の句。
糸瓜《へちま》咲《さい》て痰のつまりし仏かな
痰一斗《と》糸瓜《へちま》の水も間に合はず

断　食

「義浄三蔵の『南海寄帰内法伝《なんかいききないほうでん》』（六九五年）によれば、「世の世尊《せそん》自ら医方経を説いて曰《いわ》く、若《も》し五体のいずこなり患いなば、先《ま》ずもって食《じき》を断つべし」と釈尊のウポワズ（断食）の勧めが記してあります。実際に義浄はしばしばこの釈尊の説を引用して、「ありとあらゆるこの世の病は、ウポワズによって治癒する」と力説しています。」（『釈尊の断食法』・前田行貴《まえだぎょうき》―日印教育協会総裁・地湧社）

前田は八生道の「正命《しょうみょう》」を、「正しい食事法」と「正しい呼吸法」のシンプルにして高遠な教えと把握した。なお、「ウポウズ」とは、元来「自己の本性である神に還る」の意義の由。

断食の効用は種々列挙されているが、注目されるのは、「農薬や食品添加物など化学的な薬品による被害を未然に防止するための最善の方法」であること。また、「予防医学の立場からも、断食による毒素の排出を実践すべき」と主張されていることである。有機野菜の入手等にも手間がかかり、諸々の加工食品群にとりかこまれた環境に暮す我々にとっては、これはすぐに実現可能な金のかからない簡便な自衛手段の一つであろう。

私は前田方式による二日断食を数回経験した後、一週間以上の場合は信頼できる指導者の元でとのアドバイスを踏まえ、退職後、奈良県の「信貴山断食道場」の二十五日間コースに参加した。(平成二十一年八月二十二日~九月十五日)

最初の三日間は減食。断食は四日目から二週間。この間は、朝・具なしみそ汁、夕・カタクリ一椀となった。十八日目からはおも湯からの復食で八日間。断食の難しさは、この復食過程にある由。体重は開始時の五四キロからボトムは四七キロ。退場時は、四八キロになっていた。しかし、日常に復すと体重はすぐに元に戻った。断食開始十二日目、読経時に全く予期しない光景の出現に驚嘆。この現象は三日間続き、復食開始時に終った。この心的体験は、断食行により与えられたと思っている。

当該本の解説を、前田が日本における断食の医学的研究・実践の第一人者と考える医学博士・甲田光雄が「二十一世紀は釈尊の断食法が出番」と提し書いている。

「断食の精神面への作用は、最近では脳波などで調べます。断食中には、座禅をしている時と同じようにα波が出てきます。心配事も消え去り、本当に落ち着いた心境になってきた証拠です。また、快感を及ぼすホルモンであるβエンドルフィンが分泌されることが認められています。明るい笑顔が出てくるのです。それらの研究から、断食は肉体の病気だけではなく心身症の人たちにも非常に役に立つという点で見直されています。さらに言えば、長期の断食は遺伝子までも変えるということがわかってきました。これは断食の研究が非常に大きく飛躍する可能性のあることを物語っています。これからは断食療法が現代医学の中に位置づけられる時代が来るのだと想います。」

断食療法などの、現代医学以外のあらゆる治療法・健康法は、「補完代替医療」と呼ばれるようになった。

東洋医学や民間療法なども視野に入れた広角度の「医学」が、科学的に追求されることを望むや切である。

朝食

私は二十代前半から古稀の現在まで、約半世紀の間朝食はとっていない。

社会人となり親元を離れ、四畳半一間だけのアパート生活を開始した頃、キッチンはなく、トイレ、洗面所は共用で、無論風呂もない生活をしていた。その当時は、御多分にもれず「朝食信仰」者であった。朝食は勤務先の向いにあった食堂でとることにしていた。

当時はコンビニ等はまだない。夜は飲酒の練習の毎日。翌朝の食欲もわかない。そんな生活を半年ぐらい過した頃、職場で〝小山内健診〟を受けた。

嘱託医の医学博士・小山内博《おさないひろし》（大正十四年〜平成十五年・七十七才）先生の健診。着衣のまま畳上で、前屈。背中や腰のポイントを指押。運動不足などで筋肉が固いと半端でない痛みを感ずる。検診時、朝食が満足にとれていないと訴えると、「全く心配ない。むしろとらない方がよい」と意外な答え。

その時はなぜとらなくてもよいのかと、突っ込んで聞くこともなかったが、以後は先生のその言葉を金科玉条として日々を過すことにした。とらなくてよい理由は、その後の見聞等で理解しえたところでは左記の通りである。

（1）歴史的には、庶民が三食とるようになったのは、江戸時代中期以降のこと。まして原始時代は糧を得る苦労の連続が長期間続いたこともあり、人体には飢餓の耐性はあっても過食にはない。食事が満足にできて、まして〝飽食〟などと言うのはせいぜいここ数十年来のことである。

（2）動物は満腹の時には寝ていて、好物の獲物が目前に居ても見向きもしない。空腹になってから獲得行動を開始する。朝食をとるのは、「狩猟者の生活に合わせて考えれば、一日かかって獲れるかどうかわからない獲物が、朝起きた時に枕もとにねていてくれるほどのこと」。

（3）食事は体内に異物を取込む行為で、消化・吸収のためには胃腸に血液の集中を要する。「親が死んでも食休み」と言われるのは、生理的にみて極めて合理性がある。現在の生活スタイルの中で、朝食後の「休み」は事実上不可能。「腹がへってはいくさはできぬ」は胃癌のもとになりかねない。

サラリーマンによくみられる昼食直後の諸運動も同列である。一般的に運動は空腹時に行うのが、動物としての理にかなっている。

朝食廃止・無用論は、個人的趣味の問題ではなく、各種健康法の中でも種々論じられている。

朝食を抜くだけの〝半日断食〟については、「断食の中でいちばん簡単、かつ安全で、日常生活を送りながら行うことができます。誰もが自分ひとりで実行でき、しかも効果がある断食法が半日断食なのです。」（『奇跡が起こる半日断食』・甲田光雄・マキノ出版）とある。また、

「一日の時間帯のうち、夜が睡眠の時間帯なら、朝は排せつの時間です。」「朝は朝食をしっかりとる時間帯であると、多くの人が信じていて、そこに誤解が生じ、健康を損う盲点になっている」。（同）

「朝食を食べずに空腹の状態になれば、腸を活発に働かすモチリンというホルモンが分泌されることがわかっています。一九七一年にカナダのブラウン博士が、腸内容物の排せつを促進する消化管ホルモンのモチリンを発見しました。午前中を空腹で過せば、それだけ排せつ能力が活発になり、老廃物の排せつが促されます。」「昼と夜に栄養物をとり入れるのが、天地の法則にかなった物事の順序というものです。」（同）

とも言われている。

小山内理論には、体幹筋トレーニング、「話しながら」のスピードで走るマイペースランニング、そしてランニング後の水浴び等も含まれている。また、健診では指先を装置に入れ、血液循環状況を波形でチェックすることも行われた。この装置は、小山内グループ内で独自に開発されたものである。

高弟の父親に癌の疑いがあり、病院のレントゲン等の検査では問題なしと見過されたが、先生の触診で発見された。との体験談を、高弟の方から直接聞いた。同じ職場の女子職員が貧血気味で診断を受けた時、腹部を触診されただけで、胃腸が原因と診断すぐに処方を指示された。たまたま現場近くに居合せた実見談。

先生は大酒豪で高級ウイスキーをストレートで肴を気にせず痛飲。また、ヘビースモーカーでもあった。

歯が欠けてもそのままで、歯磨きはされないとも聞いた。マイペースランニングをし、水をかぶってさえいれば、何をしようとも大丈夫との自信をお持ちであった。

本来延命法などはない。健康法とは、死の直前までできるだけ人の世話になることなく元気で楽しく過すためのもの、というのが先生の確たる哲学であった。外出から帰宅し、マンションの入口で倒れられそのまま病院に搬送され、数日の入院後、逝去。

自らの哲学・信念に旬じた、見事な最期である。
先生には一般向けに、『生活習慣病に克つ新常識』（新潮新書）という著作がある。

Ⅴ 人生

兼好

「日本の古典のなかで「一言芳談」は、五本の指にはいるくらい好きだ。理由は、短章であることと、盛られている思想が簡明で、徹底していて、死を欣求することで病的なまでに倒錯していることなど、たくさん挙げられる。別な言い方をすれば、人間のこころが欲求する願望は、金銭、名誉、地位など、生の世界にとどまるだけでなく、境界を超えて死の世界まで拡がりうることを示している第一等の書物だといえることだ。」吉本隆明の解説〈「一言芳談」について〉の冒頭。(『死のエピグラム』・訳注・大橋俊雄・春秋社)

「一言芳談」は個人の著作ではない。所収の百四十五章は、編者(不明)が直接耳にしたものではなく、他からの引用。大橋は「念仏実践者として、当時の後世者の様々な姿を見聞し、心に触れた法語を気のつくままに記しておいた備忘録と言ったもの」であろうと推考。

この備忘録は『徒然草』をとおして、人々に伝えられ注目された由。

該当の第九十八段の全文を引く。(『徒然草』・岩波文庫)

尊きひじりの言ひ置きける事を書き付けて、一言芳談とかや名づけたる草子を見侍りしに、心に合ひて覚えし事ども。

一 しやせまし、せずやあらましと思ふ事は、おほやうは、せぬはよきなり。

一 後世を思はん者は、糂汰瓶《じんだがめ》一つも持つまじきことなり。持経・本尊に至るまで、よき物を持つ、よしなき事なり。

一 遁世者は、なきにことかけぬやうを計ひて過ぐる、最上のやうにてあるなり。

一 上臈《じやうるふ》は下臈《げるふ》に成り、智者は愚者に成り、徳人《とくにん》は貧に成り、能ある人は無能に成るべきなり。

一 仏道を願ふといふは、別の事なし。暇《いとま》ある身になりて、世の事を心にかけぬを、第一の道とす。

この外もありし事ども、覚えず。

兼好の「心に合いて覚え」たのは、百四十五のうちこの五箇条のみ。これは「すべて束縛されない精神の自由を述べたものとして抽出しているのではないか」と、『兼好』(ミネルヴァ書房）の著者・島内裕子は考えている。五箇条の島内訳。
（1）しようかしまいかと迷うようなことは、せずにいるのがよい。
（2）所持品に束縛されない生き方をよしとする。
（3）物の欠如を気に懸けぬ生き方。
（4）何事であれ、マイナスの状態をよしとする。
（5）俗世に関わらぬ閑暇な生活が仏道の理想。
また、徒然草の中でこれらを引用することなくば、「この峻厳な仏教書の命脈は中世においてしか保たれなかったかもしれない。」とも。

ちなみに、島内は徒然草の方法について、左記の如く論じている。

「徒然草における文芸批評的な側面として、独自の観点がある作品の一部分を抽出して抜き書きしていることが挙げられる。これもまた、徒然草に特徴的な批評の方法であろう。」

「作品の一部を抽出することは、あまりに当たり前すぎて「批評の方法」などと考えるのは大袈裟かもしれない。しかし徒然草での引用が、後世の学に与えた波紋は大きい。「列挙」あるいは「抽出」という行為の重要性が、再認識される。」

「膨大な読書体験の中から、一読忘れがたい名文・名句を切り出して徒然草に織り込めた兼好の批評眼が、さらに後世の人々の琴線に触れる。このように時空を越えて生き続ける伝達力と感化力こそ、批評の力であろう。」(前同)

なお、大橋はこの五箇条は、法然上人の法語としている。(前出)

加えて、兼好は徒然草で法然上人の事に第三十九段で直接言及している。その全文(前同)

或人、法然上人に、「念仏の時、睡《ねぶり》にをかされて、行を怠り侍る事、いかゞして、この障《さは》りを止め侍らん」と申しければ、「目の醒めたらんほど、念仏し給へ」と答へられたりける、いと尊かりけり。

また、「往生は、一定と思へば一定、不定と思へば不定なり」と言はれけり。これも尊し。

また、「疑ひながらも、念仏すれば、往生す」とも言はれけり。これもまた尊し。

富貴

私は神沢杜口《かんざわとこう》を、立川昭二の『足るを知る生き方』(講談社)で知った。同書での紹介。

『大日本人名辞書』（講談社）
「雑学者、俳歌を善《よ》くす。大阪の人。京都町奉行組の与力なり。殊《こと》に読書を好み、又詩文を善くす。早く隠遁《いんとん》して、著書に従事す。翁草一百巻、続翁草一百巻、ちりひぢ三十巻を編纂せり。寛政七年三月廿七日卒《しけつ》す。年八十六。辞世に云《い》ふ「辞世とはすなはち迷ひ只《ただ》死なん」」

『広辞苑』（平成十年、岩波書店、第五版）
おきなぐさ【翁草】随筆。神沢杜口（一七一〇～一七九五）著。初めの百巻は一七七二年（安永一）成立、後百巻を追加。一九〇五年（明治三八）刊。鎌倉～江戸時代の伝説・奇事・異聞を諸書から抜書きし、著者の見聞を記録。

奉行所に二十年勤務。四十才頃、病弱を理由に退職し、娘婿に跡を譲る。引退後も京都に住む。「家禄の一部をいわば年金がわりに生活の資」とし、後半生を過す。
杜口が四十四才の時、妻を亡くす。以後、独身。子供は五人いたが、四人死亡。末娘が婿養子をとり家継。孫は三人生まれるも二人死、一人だけ残る。
「世の人多くは己《おの》が生れたる家に老《おい》て、子孫眷属《けんぞく》に六《むつ》かしがられ、うとんぜられ、其《その》身もこゝろもまゝならねば、子孫をいぢり、貪瞋痴《とんじんち》を離れられず、是《これ》仮の世を忘るゝに似たり。我も子孫なきにしもあらねど、其紲《きずな》を断《たち》て、折々毎《ごと》に逢見《あいみ》れば、違いが花の香にて、互にうれしき心地《ここち》ぞする。」（『翁草』）

独居した杜口は、死までの四十二年間に十八回転居している。「我身さへかりの世に、自《じ》の家、他《た》の家といふ差別あるべきや。」（同）

「我は衣食住を備へて、心常に富貴なり」（同）

日記

新藤兼人は、七十九才四カ月の時、生涯を丁度同期間生きた荷風の「濹東綺譚」の撮影に入り、八十才を越えて撮り終えた。

「人生七十古来稀なりで、七十まで生きればあとのことは考えないでいいと思っていたから、それ以後のことは考えになかったのだ。ところが七十になっても人はぴんぴんと生きている。生きる本人は途方にくれ、見守る周囲は狼狽。とりあえず老人ホームへ収容となった。しかし老人はただ生かされているだけでは面白くない、何かやりたいのだがやることがない、間もなく人類は老害の時代を迎えるだろうと識者は嘆く。己れが老人になることは知らないで。」（『うわっ、八十才』・新藤兼人・講談社）

この時、人生の第4コーナーを周った新藤は「さてこれから何をするか」と考えていた。

永井荷風の『断腸亭日乗』は、大正六年九月十六日から死の前日の昭和三十四年四月廿九日まで、四十二年間書き続けられた日記である。

昭和三十二年、千葉県市川市の四十坪の敷地に十二坪の家（六・四半・三の平家）を建て、独居。

食事は主として浅草のアリゾナという洋食屋で、面倒な時は近くの大黒屋という大衆食堂でとるのを常とした。

「老軀をいたわって医者に見せることもせぬばかりか、万一にそなえ看病人ひとりを頼まぬばかりか、更に近隣の一品料理店などへ出かけて何の油を使っているとも知れない安テンドンを残さず貪《むさぼ》っていたと伝えられるのを聞いては、これがただ食いしん坊以上、むしろ自然死による覚悟の自殺を企てていたものとしか、わたくしには考えられないのであ

る」これは荷風に師事していた佐藤春夫の記である。(『人間臨終図巻（下）』・山田風太郎・角川文庫)

その日、午前十一時頃大黒屋にゆき、酒一本を飲み、テンドンをたいらげ帰宅。翌三十日、手伝い（家の中は一切掃除をさせず）の女性（七十五才）が、午前九時頃死んでいる荷風を発見、市川署は検屍をした。

着衣にマフラーを巻き、ふとんから乗り出し、吐血。胃潰瘍による急死と見られた。大金を入れて常に持歩いていたボストンバッグは枕元にあり、二千三百数十万円（当時なら百万円で小さな一戸建が買えた）相当が残されていた。

しかし十二坪の安普請の家に、衣類家財道具は一切皆無であったという。

『断腸亭日乗』の最後の記述。

「四月廿九日。祭日。陰《くもり》。」

荷風の死は、「自然死による覚悟の自殺」であったろうか。

「独り暮らしの老人のほうが、自分の城を持ち、訪れる身内や近所の人たちと交際し、自由に豊かな暮らしを送っている。家族と同居しているから幸せで、ひとりだから不幸というのは、実態を知らないがゆえの、ただの思い込みでしかない。」(『自殺の9割は他殺で

ある』・上野正彦・カンゼン)

荷風については、その死様を高校生の時に同級生から聞き大変印象深かったので、古稀の今日まで心底に残っていたもの。読んだ作品は数作にしか過ぎない。従って、「身内や近所の人たちと交際」があったか否かや「覚悟」の有無についても語る材料を持たない。しかし、荷風の心内を忖度してみると、その行状からして満足していたとは言えないまでも、納得はしていたであろうと思われる。

姥捨

深沢七郎の「楢山節考」のおりんは、七十才。小学生の頃、映画の予告編だけを見た。中年で小説を読み、還暦過てＴＶで昔の映画を見た。今、私はおりんと同年となっている。お山へまいる年になったのだ！

現代の老人問題の議論の根底にも、〝姥捨〟の思想が見え隠れするように感ずるのは、僻目のせいか。食糧事情だけから言えば、問題は解消されたかに見える。しかし、住宅事情や家族状況等を含む社会経済情勢からすれば、形を変えて存在しているのではと愚察。それはそれで至し方のないことで、限られた資源は分け合わねばならない。どんな形をとろうとも、関係者全員を満足させることはできまい。

何事も、行政等を含む他人様に全面依存はし得ぬ。捨てられるのが嫌で、なんとしても生き延びたいと願うなら、我々庶民は自身で自衛策を考え実践していくしかない。

『下流老人』(藤田孝典・朝日新書)の第6章・自分でできる自己防衛策―どうすれば安らかな老後を迎えられるのか―に、「対策」と「予防」が述べられている。

〈対策編〉

一、知識の問題―生活保護を正しく知っておく

二、意識の問題―何よりもまず、プライドを捨てよ

又、「社会保障を受けることは権利である」

三、医療の問題―無料低額診療施設を探し受診すること

〈予防編〉

一、お金の問題―病気や事故等に備え、貯蓄しておくこと

二、心の問題―地域社会への積極的な参加

三、居場所の問題―地域のＮＰＯ活動等への参加
四、いざというときの問題―「受援力」を身につけておく
受援力とは、「支援される側が支援する側の力をうまく生かし、生活の再建に役立てる能力」

貧困高令者の幸・不幸は、人間関係の豊かさにあるとのアドバイスがある。


なお、必ずしも老人向けではないが、〝貧困〟者向けには参考になると思われる一冊に、『ゼロから始める都市型狩猟採集生活』（坂口恭平・太田出版）がある。

東京在住の路上生活者から聞いた話の記録で、「所持金なし、宿もなし、仲間も家族もなし。きみは、そんな状態で東京のド真ん中に突っ立っている。そうだな、タイムマシンで連れてこられた原始人みたいなものだ。」と、想像して生活してみる話。

衣・食・住についての具体的な方法が、親切に紹介されており興味深い。山奥ではなく、都会に住む隠者を思わせる生活者たちの体験談である。

事 件

二十年前の平成八年四月、都内豊島区のアパートで、七十七才の母親と四十一才の長男が餓死しているのが発見された。長男は病床に寝たきりで、母親が看病していた。収入はなく貯えを切崩して細々と生きてきたが、その貯えも費え食物を買えなくなった。死の二カ月前まで、律儀に家賃は支払われている。区は母子の生活を知っていながら対応しなかった、という批判が出た由。当時、ジャーナリズム等できっと話題になっていたものと思われる。また、レシートに基づく詳細な買物内容と思いを記した日記も刊行されていることを、数年前に知った。

私は事件当時は地方に単身赴任中で、事件の存在も残された日記のことも全く知らなかった。事件から二十年後の今年、平成九年出版の『現代姥捨考』(新藤兼人・岩波書店)に、この日記の一部(八日間分)が当時の新聞記事から抽出されているのを知った。

同書から、うち四日分を記す。

平成七年十一月三十日

一銭も無い様に、なくなってしまったら、後は、のまず食はずで、どんなにしたらよいのでせうか、役所などに、たのむ様にと、おしえられましたが、私共は、普通と違うだけに、一般の人、同様には、してもらえないでせう、今後どうして生きていくのでせうか早く、死なせて下さい。

平成八年一月二十八日

三月分からは、家賃も、生活費もありません、区役所に頼んでも、私と子供は生活できませんでしょう、共同生活もできませんし、今後、私と子供はどんなに成るのでせうか、不安でたまりません。

三月八日

所持金二十八円となる。「今の自由のきく生活のままで、二人共、死なせて頂きたい。」

三月十一日

「明日からは、口にする物がない」状態に陥入る。

区役所や周囲とのやりとりまでは不明ながら、結果から見れば救済措置・運用等と母親の意向との調整が整わなかったことになる。

何事でもなしうる様に思われるが、仏様にもできないことがある！　それを聞いて驚嘆。
「仏の三不能」というらしい。
業滅　法則の絶対性
　各人の持って生まれた業は滅することはできない
縁無　自発性の尊重
　縁なき衆生は度し難し
衆尽　相対性の存在
　真善美が通用するとは限らない
この母親の側に仏様がおられたら、どのようなアドバイスをされたであろうか。

老人

五木寛之も八十才を越えて現役で活躍中の、世にいう〝スーパー老人〟の一人であろう。

「スーパー老人は、あくまでも例外にすぎない。」（『新老人の思想』・五木寛之・幻冬舎新書）

自身は例外者でありながら、「例内」者の目線で老人問題について広汎に問題提起している。然るべき立場の方々には、この警世の書を視野に入れた大所高所から御検討願い適切な対応が講じられることを切望している。

《同書の梗概》

〈認識〉

○「私たちはいま、未知の暗黒大陸を目前にしている。それは超高令者大国という未来である。それがどのような姿であるかを、なぜか学者もジャーナリストも論じようとはしない。」

○「高令者の医療と介護には、おどろくほどの社会的支出が必要だ。ある意味で、それは大きな産業でもある。子供や若者を育てることよりも、はるかに多くの公的支出がそこに向けられることになる。

「老人を処分せよ！」

という、新しいファシズム運動がおこる危険性はゼロとはいえない。」

（百才以上の長寿者が、現在なんと五万人以上、その八割が寝たきり）

（八十五才以降の三分の一ちかくが認知症になる傾向。九十才では六割、百才以上だと九割以上）


〈対応〉
○高令者の自立の必要性「それにはどんな道があるのか。今のところそれはないにひとしい。」
○「これまでの思想や哲学などは、ほとんどが六十才以前の人びとのためのものだった。体のケア、養生、健康などのためのマニュアルも、「第三世代」（注・五木の定義・六十才〜九十才）にしぼったものは少い。」
○「私も私なりに養生にはできるだけ努めてきたつもりだ。要するに病院にいきたくないからである。なにかあれば、すぐにお医者さま、というイージーな考え方をしたくなかったからだ。検査も一切うけずに今日までできた。
しかし、それは万一、なにか大きな病変に見舞われたら、すでに手おくれであることを覚悟してのことだ。他の世代は当てにしない。」

〈課題〉

「老化を悪とする文化がある。そして死を敗北とみなす思想がある。」

「生まれて成長し、生の営みを終えて世を去ることは、自然の理《ことわり》である。現在の医学は、老いと死に対する基本的な姿勢が定まっていないのではないか。」

「老いと死を、どのように落ち着いて受容するかは、それこそ宗教の出番ではないのか。死者をとむらうよりも、死を迎える生者に、安らぎと納得をあたえることぐらいしか、現代の宗教には求められてはいないのだ。

死を悪として見る文化、そして老いを屈辱として恥じる文化からの脱出こそが、私たちにいまつきつけられている直近の課題なのである。」

「あとがきにかえて」では、「これは私自身の悲鳴であり、またマニフェストでもある」とあり、また、「起《た》て老いたる者よ」と、昔のメロディーにのせて口ずさむ今日この頃である。

と、結ばれている。

結語

突然の予期せぬ事態に、唯々驚かされた。

九月初旬、本書出版の打合せのために上京。上京時には大概、外食して帰るのが通常だが、この日はなぜか自宅に直帰した。

妻は四月初めから、母親の介護のために実家に戻っていた。にもかかわらず、帰宅直後、「どこに居るのか。夕食はどうするのか。」等と架電していたらしい。丁度、仕事から戻った次男が、これを聞いて〝おかしな事を言っている〟など思った由。次男は妻と出張中であった長男にも連絡。三者の相談の結果は、ともかく病院ですぐみてもらう必要ありとのこと。その後、妻から数回電話があり、病院行を慫慂《しょうよう》されるも行く理由はないと拒否し、次男と自宅で夕食を済ませ、ナイター中継を見ていた。

試合が終了したタイミングで、次男から病院行きを改めて促され、問題ないことを確認してもらうのもいいかと思い行くことにした。

緊急外来でＣＴ検査を受けたが、妻が特に懸念していた脳梗塞でもなく、問題なしとの所見。ただし、明朝、専門の神経内科でみてもらうよう言われた。休日出勤の予定であった次男は、長男にその旨を連絡し、長男はその日の深夜に来宅した。

神経内科でのＭＲＩ検査の結果と問診で、「一過性全健忘（ＴＧＡ）」という病気と診断された。発生理由は解明されていないが、脳の抹消血管の一点がつまり、ある時間記憶がなくなる由。

しかし、それは長短はあるものの二十四時間以内には解消される。月に一人くらいの来院がある。再発懸念や習慣性もないので、安心してよいとの説明を受け、長男ともども安堵した。

無論、医療処置や投薬等もなく、病院を後にできた。考えてみれば次男が電話を聞いていたので病院へとなったが、独居ならどうであったろう。また、二十四時間以内に回復するなら余程対外的に支障でもない限り日常生活では案外スルーしてしまうような気もする。

出版の打合せ時に、何か妙な言動をしていなかったかが心配になったので、数日後、担当の方に架電照会したところ、問題はなかった旨の回答を得て一安心。

ここまで書いてきたところで、その担当の方から来電があり、

「何か問題があるようなら、今後は打合せにご家族の方にも入っていただきましょうか」

との配慮。

この病気は、年齢に関係なく発症する由。

古稀での発症ともなると、生命に関わることはなくとも、認知症の懸念等々、周囲の方々に余計な心配と手間をかけてしまう結果となった。

狐につままれたような思いがあるばかりで、その後は何の支障・問題もなく順調に経過。

この状況と医師の説明等も報告し、

「ご心配はご無用です」

と返答。

だが、今後とも、いつ何が起きるか、全く知れたものではない。

著者紹介

河谷豊治（かわたに とよじ）

1946年（昭和21年）10月3日、京都市生まれ。京都大学農学部農林経済学科卒業後、1970年（昭和45年）農林中央金庫勤務。2000年（平成12年）プリマハム株式会社役員に就任。2009年（平成21年）退任。以後、年金生活者となる。

古《こ》稀《き》領《りょう》解《げ》　等身大《とうしんだい》の死《し》生観《せいかん》

2017年4月28日　第1刷発行

著　者　河谷豊治
発行人　久保田貴幸

発行元　株式会社 幻冬舎メディアコンサルティング
〒151-0051　東京都渋谷区千駄ヶ谷4-9-7
電話 03-5411-6440（編集）

発売元　株式会社 幻冬舎
〒151-0051　東京都渋谷区千駄ヶ谷4-9-7
電話 03-5411-6222（営業）

印刷・製本　シナジーコミュニケーションズ株式会社

検印廃止

ISBN978-4-344-91153-6 C0095
幻冬舎メディアコンサルティングHP
http://www.gentosha-mc.com/